诗山

SHISHAN

北乔 著
BEI QIAO

中国出版集团
中 译 出 版 社

开篇语

诗山，诗人自选的诗三首
可能是代表作，可能是诗人最爱的，可能是诗人的某种情结

一生二，二生三，三生万物，三首诗
足可见一位诗人的质地，也当是诗人的一座山

目录

○

目录

○

目录

○

目录

○

目录

○

目录

○

目录

○

目录

○

目录

○

阿信

(1964 一) 甘肃临洮人，长期在甘南藏区工作、生活。著有《阿信的诗》《草地诗篇》《那些年，在桑多河边》《惊喜记》等多部诗集。曾获徐志摩诗歌奖、昌耀诗歌奖、《诗刊》2018 陈子昂年度诗人奖等奖项。

阿信诗三首

河曲马场

仅仅二十年，那些林间的马，河边的马
雨水中，脊背发光的马；与幼驹一起
在逆光中静静啮食时光的马
三五成群，长鬃垂向暮晚和河风的马
远雷一样从天边滚过的马……
一匹也看不见了
有人说，马在这个时代是彻底没有用了
牧人也不愿再去牧养它们
而我在想：人不需要的，也许
神还需要

在天空，在高高的云端
我看见它们在那里，我可以把它们
一匹匹牵出来

冬牧场

在最冷酷的季节
牦牛用惯于卷食干草的唇舌，互相撕扯
那带着血粒儿的皮毛是和着冰碴
从同伴身上生生撕下
——这血食啊！

雪墙那边，牧人默默地看着这一切。
在如此艰难的夜里
念诵嘛呢的声音，从低沉
渐至响亮，从一顶毡帐
蔓延至整个冬牧场。

人们
饮下苦酒，熬着、克制着……
在最冷酷的季节
地球转动，它并未调速但我觉得
它转动缓慢，几乎停滞。

惊喜记

喜鹊落在梨树枝头。
被一次次霜降浸染得几近透明、金黄的
梨树，它的每一片叶子，都可以在其上
刻写《楞伽阿跋多罗宝经》。

三棵晨光中的梨树。即使它的叶片上
还没有刻下任何文字，我也愿意
在记忆中收藏它们。何况
五只长尾喜鹊正落在梨树枝头。

五个方向，五个时辰，还是
从父母身边逃走，尝试过整日整夜户外生活的
五个孩子？虽然我无法成为其中的一个
体验着幸福，但我看见了它们。

喜鹊会一一飞走。梨树的叶片
会因为它们的飞离，震颤不已。梨树，当它
金色的叶片在晨光中重归宁静，谁会相信
五只长尾喜鹊曾在那里留驻？

阿信　高原离天空的寂静更近

阿信在高原上写高原，更感受到天空的寂静和大地的厚重。进入高原内部，血液里流淌高原的神秘和生命至情至理的伦理，他注重的是诗与高原的内在关联，而非简单的描述和重复性的强化。如此，阿信的诗，字里行间有关高原风物的书写是沉默的，因高原而来的地域性文化和之于人的精神浸润正日益强劲。

天空的极远之处和大地的极深之处，拥有“安静”这一共同的特质。安静，是声音最后的栖居地。人在安静之中，可能极度孤独，但也可能是灵魂最为丰盈的状态。阿信在安静中写诗，并让诗成为安静的一部分，坚守内心，坚实而谦逊地立于大地之上。

《河曲马场》，没有了马，马场还在，至少有关马场的记忆还在。人们不再需要马，这与时代变化有关，也是人们的功利心使然。其实，远离或失去的，何止是马？空旷的马场，留给我们的是无数的忧伤和隐隐之痛。“我看见它们在那里，我可以把它们 / 一匹匹牵出来”，马，已不是马，而是我们灵魂里不该丢弃的感恩之心和清纯之性。

《冬牧场》，冷酷源于节气，更隐喻生命的特定状态。在这冷酷里，绝望或许不在，生的渴望一直在。面对冬季如此的牧场，我们可以说这是“黎明前的黑暗”，但只有身在其中，才能如实地感受煎熬的刺痛和悲壮。

《惊喜记》，初读时，我读到了孩子与父母的天伦之乐和别离之伤。再读时，我觉得诗人阿信的敏感之心，更值得我们尊重。想象固然在，但以生命体验去看待喜鹊与树叶，试图进入其世界，提升了这首诗的力量。我惊喜的是阿信这份敬畏万物的真诚。

阿信长期生活在甘南，并将甘南作为写诗的动力和对象。甘南是一个特殊的地方，是青藏高原东北边缘与黄土高原西部过渡地段，这里介于俗常人生和空灵境地之间，也是多种文化的汇集之地。了解甘南、热爱甘南的阿信，找到了笔下诗与脚下甘南的本质关系。他将神秘还原为众生万物的具象，将众生万物的平常引入意象之中，用诗拓展生命，抵达与高原一样的辽阔。我们在他的诗中感受的宏大和坚韧，是甘南高原的，更是阿信本人的。

安海茵

1975 年生，大学期间开始文学创作，有小说、散文、诗歌发表并收入年度选本。哈尔滨市作协副主席。《诗林》副主编。

安 海 茵 诗 三 首

岁 末

万物将我带到了你那里
每个人对这人世的造访都是单程
旧时光止歇
往事摇摆着一盏盏小灯笼

矢车菊闪亮
雪隐去一小块的脏
车辙一如既往地潦草
一如既往地庸常

美与善似乎更多了一点
或许并不

无论如何　我走了那么远
晨钟每响一下
人间便多一行见素抱朴的草书

湟川三峡

山上的水以奔绝之姿奔跑
如同一个没有根的行者

它们经过水银通道投奔了群山
黄色瀑布借由秘密的发动机
卸下它暗淡的色调中焰火般的耀眼

水的腰身旖旎成瀑的激荡
一再地提醒田园中迷途失散的人

在三峡入口处
一定设置了肩挑这两个世界的天平
有镜像的无声呼应　以山谷那头的风来置换
相对应的好人的数目
和同等分量的那些好的孤单

我猜想我不再需要孤单
我不再企望绕过那些路遇的蹑手蹑脚的疼
这些事情就这样过去

湟川不会交出我的欢颜
也不会交出我的苦难

在连州　总有风物喁喁私语
由山脊镌刻的一张张倦容　回复坦荡与宁静
很快我将回归粗粝的北风
怀想那在岭南的山水中隐身的星辰

雪还是在下

雪还是在下
这唯一干净的人间烟火
雪的香气将霾的阴影遮盖
飞鸟尽藏　谷粒收仓
这个冬天彻底闲落
在雪中空空荡荡

这时有人内心宁静
有人背负对故土一生的歉疚
有人想起孩提时的梦
那行囊里一路检点的缥缈的歌哭
或者也会有人饮泣　为那亲近之后又远离的冰雪
还有谁一遍遍地失去　在黄金般的雪焰里截句　行止
更多的雪被世人遗忘
深陷泥沼却依旧被深深爱着

安海茵　低吟浅唱里的大情怀

安海茵的诗很优雅，一份从容淡定，从美好到忧伤再至美好的优雅。这是以纤细、温暖之心与世界对视后的感动和感恩。她的诗自然地散发女性独特的宽容、悲悯且柔软的气质，但又能以辽阔而高蹈的情怀来触摸生命的行走表情和精神肌理。这与那些完全沉湎于自我沼泽地的小家气诗歌以及消沉的黑暗诗歌截然不同。安海茵从女性身份出发，成为葆有女性意识又具普遍人文情怀，完成了从女诗人到优秀诗人的蜕变。

走进安海茵的诗，有一个景象时常在我心中浮现。深冬里，北极村极寒。我面前近处是厚厚的雪，雪下自然是黑土地，远处是村庄，炊烟缭绕。我看到了人间的所有，寒冷与温暖同在。在我悲伤时，我会想起当年的那一时刻；当我幸福时，我心也会回到遥远的北极村的那个早晨。

在茫茫雪野里，在哈气中看自己的呼吸，这一刻的世界，就在呼吸里，就在雪花落于手心的纯净里。“雪还是在下 / 这唯一干净的人间烟火”（《雪还是在下》），或者，外面冰天雪地，屋内炉火正旺，隔着玻璃窗看世界。或许房子很简陋，但那鲜红明亮的窗花，那好奇而清澈的目光，似乎比炉火还温暖。这些都是安海茵最常见的生活画面，也是她的心境。因而，之于她，诗是写作，也是生命的纸上时光。

善于寻觅和发挥汉语的魅力，与安海茵心中的东方之韵相生相长，心灵之象顺着笔尖滴下古典之美和现代之情。在语言上，读她的诗，总能让我想起同在东北的作家迟子建，也总是让我想起大兴安岭里的蘑菇，松花江冰面上的阳光。这样的文字之美，是诗人灵魂的外化，也是于回归中前行。这是我们血液里的东方之美，也当是当下诗歌的某种缺失或不以为然。

安海茵以知性和智性的艺术精神，缓和生活与诗心的双重激荡，低吟浅唱随之而来。那些深刻，潜在诗的深处；那些大情怀，在天空云游。读她的诗，可以平复躁动，可以有一盏小灯笼在眼前在心间。尽管，她的诗也有无处排解的忧伤，有困境中的呼喊和抗争，但这一切都是温和的。正因为这样的温和，涓涓细流般的感伤，更能让我们在无力中感受柔韧和释然。因而，有时阅读安海茵的诗，就如同我们在自我对话。

安琪

本名黄江嫔，1969 年 2 月生于福建漳州。曾获诗刊社“新世纪十佳青年女诗人”、第五届中国桂冠诗歌奖等。独立或合作主编有《中间代诗全集》《北漂诗篇》等。出版有诗集《奔跑的栅栏》《极地之境》及随笔集《女性主义者笔记》《人间书话》等。曾应邀到北京师范大学、首都师范大学等十几所高校讲座。画作被《诗刊》《文艺报》等 50 余家报章杂志及诗文集选用。现居北京。供职于作家网。

安 琪 诗 三 首

明天将出现什么样的词

明天将出现什么样的词
明天将出现什么样的爱人
明天爱人经过的时候，天空
将出现什么样的云彩，和忸怩
明天，那适合的一个词将由我的嘴
说出。明天我说出那个词
明天的爱人将变得阴暗
但这正好是我指望的
明天我把爱人藏在我的阴暗里
不让多余的人看到

明天我的爱人穿上我的身体
我们一起说出。但你听到的
只是你拉长的耳朵

1996 年于漳州

像杜拉斯一样生活

可以满脸再皱纹些
牙齿再掉落些
步履再蹒跚些没关系我的杜拉斯
我的亲爱的
亲爱的杜拉斯！

我要像你一样生活

像你一样满脸再皱纹些
牙齿再掉落些
步履再蹒跚些
脑再快些手再快些爱再快些性也再
快些
快些快些再快些快些我的杜拉斯亲爱的杜
拉斯亲爱的亲爱的亲爱的亲爱的亲爱的亲

爱的。呼——哧——我累了亲爱的杜拉斯我不能

像你一样生活

2003年8月1日于北京

极地之境

现在我在故乡已待一月
朋友们陆续而来
陆续而去。他们安逸
自足，从未有过
我当年的悲哀。那时我年轻
青春激荡，梦想在别处
生活也在别处
现在我还乡，怀揣
人所共知的财富
和辛酸。我对朋友们说
你看你看，一个
出走异乡的人到达过
极地，摸到过太阳也被
它的光芒刺痛

2007年10月18日于厦门

安琪　针尖对麦芒的真实写作

作为“中间代”的代表性人物，安琪以极大的宽容度来面对诗歌与诗歌写作流派的关系，左右是岸，既汲取众家之长，又坚守内心和生活，汇入属于自己的诗歌河流。她以敏锐的发现力和感受力浸于生活现场，让内心之真与生活之实原样呈现，率性地书写生活与诗歌的共生之美。她的诗歌，强烈的个人感与现实感交相辉映，大处用心，小处凝神，既雄阔有力，又具针刺之功。

读安琪的诗，我们总能读到她的实时反应力。她的生命之刺时刻处于临战状态，但这些刺是有温度的、柔性的。或者说，这些刺，其实是触角，是针尖之上的那一缕光。她能快速而准确地触碰到粗糙或顺滑生活里的麦芒，与针尖进行物理性的交集，继而在内心形成化学反应。终于，诗像呼吸一样在纸上倾泻。

《明天将出现什么样的词》，诗里充满开放式的期待，但一切又将回到自我。“词”是确定性的及物，又是世界与人生的广泛指代。“爱人”，同样如此，既是具象的所爱之人，又是我们生活中那些至爱并令我们快意的部分。这是一首女性视角的诗，又是一首无性别的人生之诗。这首 20 多年前写下的诗，至今还保持令人惊奇的新鲜。无论是语言，还是诗里的意象与意味，安琪都具有很强的保鲜能力。

《像杜拉斯一样生活》，追逐心中的向往，是如此急切和迷醉。然而，追逐中，会丢掉自己，会溃不成军。这语言的节奏，十分应和当下人们的慌忙和焦虑，就像那些匆匆的脚步和怦怦速跳的心率。诗最后的反转，是诗人的醒悟。而到这时，我们的阅读才应真正起步。

《极地之境》这首诗，其实包含正向和反向的双重寓意。走出家乡，走向遥远的地方，走向极地。对于漂泊的人而言，极地又会是身后的故乡。极地之境，与极地无关，只在心境。我们总是这样，忽略此地，目光架在极地。而你的极地，可能就是别人的此地。生活的出走与回归，在诗人安琪笔下，充满禅意。而在这来回的路途里，背囊里装满酸甜苦辣。有时，这可能才是人生的意义。

据我所知，安琪的阅读量极大，这在当下诗人中并不多见。她将天生的才情、生活中时时处处开启的雷达和丰富的有效阅读，作为写作的基石和前行的干粮，得以持续旺盛的诗意激情和处于高位的创造力。

北塔
中国现代文学馆研究员，中国外国文学学会研究分会秘书长。已出版诗集《滚石有苔》《巨蟒紧抱街衢》，学术专著《照亮自身的深渊——北塔诗学文选》和译著《八堂课》等约30种，有作品曾被译成十多种外文。

北 塔 诗 三 首

从最底部蹿上来的火
——秦皇岛2017组诗

长城窑里的砖

题记：世界就是一座窑，人生是被不断地烧！

这些泥土的孩子
经过木头框子的规训
被囚在摇篮里
几百年如一日，睡得昏沉

离开了野地
又进不了房子

甚至不能去弥补
城墙的被打折了的肋骨

我的童年曾是这样一块砖坯
被从母亲的自留地挖走
被抛入固若金汤的炼狱
接受水的洗礼、火的考验

是我自己的双手
帮着大人往里添加木柴
那从最底部蹿上来的火
挥舞着浓烟的锤子
几乎一下子要把我砸死

好在我知道，这一千度的燃烧
是要把我的肉身锤炼成石头
哪怕到最后，我只剩下骨头
也正好配得上长城的坚守

斑鬣狗化石

上苍用一座火山突袭你们
还好，在你们被火咬碎之前
已经被乱石和灰尘掩埋

那奔跑的永远在奔跑
那挣扎的永远在挣扎
哪怕身、首已经异处
哪怕腿已经与脚分离

几百块碎骨像一小碟花生米
去填充大山空空如也的肚子
直到一个巨大的洞穴被揭开
利牙张着，只咀嚼空气
凶爪舞着，只点缀玻璃

谁都敢靠近你的胸部肌肉
而不用害怕被你卷起的风掳走

石门寨驻操营花海

一朵花的开放和一万朵花的开放
时间相差无几
蜜蜂被一朵花吸引
被一万朵花围困

在无论多么斜的山坡上
一朵花可以挺直腰板
一万朵花却难逃屈膝的姿势

一朵花你可以慢慢欣赏
一万朵花却比酒更让你晕眩
晕花的人啊小心你的瘦身体！
别被花海一饮而尽

火在梵高体内疯狂燃烧
星空在他笔下失控旋转
而他的向日葵被固定翼直升机一览无余
或许害怕花粉过敏
连观光火车都慢不下来

但在干涸的河边
那被瓜子嗑掉的人生
跟阳光一起重新回到瓷杯
让我在万人群中缓缓啜饮

北塔　由外向内的坚硬

北塔属于“内向型”的诗人，写作成为锤炼的过程，以灵魂的力量敲打一字一句，凝聚为精神与信念。他诗歌最大的特点是具有坚强的硬度，如岩石一般，但不失温度，不带有撞击似的进攻。世间人世的风雨，总要挟裹冲洗和磨难，我们能做的就是在行走中历练，提高自身的硬度，不在于对抗，而是少受伤害。北塔以诗歌昭示生活的苦痛与收获，具有不容忽视的人生隐喻。

将写作作为自我对话的方法，或诗必首先为自己而写，北塔这一点做得很明朗也很真诚。诗人真正为自己写的诗，终究会走向大众，正所谓小至极，乃为大。读北塔的诗，那些坚硬会在我们内心化开，从柔软再到坚硬。北塔的诗，其实是以坚硬的感觉包容万物人心。

《长城窑里的砖》，泥土被人为地烧制成砖，而人则被自身和他者围困与挤压。这其中有成长必不可少的痛，也有灵魂的呼号和挣扎的尖叫。只是，我们感觉不到砖的哀号，也常常无视他人的不幸，甚至乐于成为暴力者。好在，人与砖不一样，总可以有自己的坚守。而在诗人想来，心中的信念与向往，无论如何千锤百炼，依然与阳光同在。

《斑鬣狗化石》，我读到的是无奈。动感的一切，都是徒劳。斑鬣狗化石的动感，是以静止的方式存在，或以我们不可知的动态存在。我们呢，看似奔走，东躲西突，汗水与血水洒满身后的路，最后换来的依然是空空如也，依然被欺凌或漠视。千年之后，化石还在，而不可一世或默默无语的人们，在哪里？这已不仅是无奈，更多的是悲凉。或许，悲凉，才是最本质的人生。

《石门寨驻操营花海》，写一朵花，写一汪花海，根本还是在写人。个体与大众间的关系，谁能说得清？可以肯定的是，当个体失去个性之后，一切将不复存在。我们要融入世界，但一定不是以更丧失自我为代价。

北塔素称“石头诗人”，这三首诗也都有“石头”的身影。在我看来，在他的理念中，石头是沉默的、坚硬的，但保持某种独立性，静静地端详世界。那些坚硬的来处是柔软，一种向内的坚硬。坚硬自我，便能抵御百毒，守住内心。或许，这样的坚硬，遇弱则柔，遇强则更强，与世无争，但也不容他人侵犯。

曹宇翔

1957 年 11 月 24 日生于山东兖州前胜村，高中毕业后当乡村教师。1976 年 2 月入伍至北京。1991 年毕业于解放军艺术学院文学系。曾经历军旅生涯 42 年，大校军衔，国务院特殊津贴专家，国家新闻出版广电总局全国新闻出版行业领军人才。著有诗文集多部。获第二届（1997—2000）鲁迅文学奖等多种奖项。

曹 宇 翔 诗 三 首

祖国之秋

今日你徒步走进秋天的广场
深秋了，天已转凉，菊花开放
风把四个湛蓝的湖泊运向空中
空中，缓缓驶过云霞船队
空中，雁翅划动季节的双桨

用歌声迎接大地起伏的歌声
在澄明的秋天你看见所有人民
城市，乡村，太平洋的波浪
甚至看到你远逝的童年，祖母
干草垛，一个孩子摇响铃铛

这原野、河流，这落叶、果实
每天，广场升起一面旗帜
每天，土地长出一轮光芒
一切都是值得的，内心幸福
你笑了，想起曾有的一个梦想

谁能不爱自己的祖国呢
“祖国”，当你轻轻说出这个词
等于说出你的命运，亲人，家乡
而当你用目光说到“秋天”
那就是岁月，人生啊，远方

永定河星空

刚才永定河对岸的山冈
翻了个身，又泥团般酣然入梦
山坡上校舍，旧时营房
今晚我和同伴们住在这里
午夜无眠，悄悄走到楼下空地
我要看一看久违的星星
一抬头，一天星斗又大又亮

没有被光污染的史前星空
在这边，在那边，灼灼之花
细碎花瓣，星星被清水一一洗过

星空的穹庐，盛大的歌咏
像世界中心又似大地尽头
我真切感到脚下的地球在旋转
脸颊微凉，有飕飕风声

星光照着岁月也照旅人
青春的梦想，鬓角微霜
几十年我游历了沧桑大地
而星星还在原处竟一动不动
天幕之上该是怎样的另一个世界
星星针孔透出神秘光亮
懵懂人类未知的时空

未见众神踩着星光软梯
从天上降临，也许已降临
只是看不见他们面孔，当夜色
潮汐般从山野和我内心缓缓退去
他们一转身扮成一条河
哗哗流淌，扮成一棵树若无其事
扮成一只鸟，在枝头啼鸣

紫藤花开

这纷披的溢美之枝悬浮大地
你凝神的目光吹来一阵微风

嘤嘤花香，丰腴多汁的美
一个孤单少年从记忆里走过
谁被往事的藤蔓，又一次缠绕

记住那些面容是记住岁月
人生旷野，百感交集的际遇
蝶形纷繁的花是你说出的话语
频频举起这碧莺的杯盏
饮遍尘世爱恋的美酒

今日我们感念上苍的恩典
攀缘，向上，梦在枝头绽放
紫蓝长裙飘曳，缀满群鸟啼鸣
蒙尘的倦容浇淋了花瀑
青葱的初心，跃然于远方

啊，春天。哦，生活

曹宇翔　笔尖流下的是气血

曹宇翔的诗歌具有质朴之美和性灵之韵，一如田地里春风中的庄稼。美好与感动，是曹宇翔倾心的书写主题。11年前，我曾以《心灵家园的纯粹阳光》为题写过长篇“曹宇翔诗歌论”，而今，曹宇翔依然坚信人间大美，坚守诗言美的创作理想，并在语言、结构等方面进行有效的突破。

真诚而富有激情的创作行为，使得曹宇翔的诗歌极具感染力。不搞怪，不虚浮，只重情感的极致力量，曹宇翔把对生活的热爱写进诗里，将诗歌的抒情写得真切而感动。体味日常生活的诗意，吟唱我们共有的情感，诗人曹宇翔如此朴实又空灵地与我们在一起。

《祖国之秋》，这是一首传诵极广的诗歌，情感饱满，思绪飞扬，但生活质感强烈。此类的抒情诗，极不易写，而曹宇翔以家园为全诗的底色，将个人的生命与祖国的命运紧紧联系在一起，真诚地表达。读来，令人不禁心生喜欢。

《永定河星空》，诗性之美，来自诗人的细微体察和对大自然的敬畏。诗人在仰望星空，更在体味人生。一条河与一片星空，本身就有强大的隐喻能力。

《紫藤花开》，紫色是现实的梦幻，又应和心灵的某种神秘。这是一首极富生命感的诗。“青葱的初心，跃然于远方”，这也正是诗人曹宇翔的文学之路和生命行走的映照。

曹宇翔一直以质取胜，而不在意数量的累积。他年少时就已在诗坛成名，但数十年来为人谦虚，为诗认真。他写诗常常还是用笔，一笔一画，数张纸下都可见印痕，确实是力透纸背的书写。不断地写，不断地推敲，并在朗读中考察整首诗。在写长诗《珠穆朗玛高峰》时，他走路轻，尽可能减少体力的消耗，只为把心力都集聚于写作之中。这对于有灵气和才华的诗人，十分难得。

曹宇翔怀揣博爱之心和虔诚之意，唤醒文化之灵；以寻找的姿势否定固有的定位，重建精神之塔；以诗歌的行动参与生活，回报生活。质朴、纯美的话语，清新、空灵的意象和对乡村无尽的依恋与赞美，构筑起其诗歌的外在。文字之下流动的是其真性情、真精神，纯美之下略带伤感的情绪体现了他对生活的亲近，灵魂的倾情吟唱犹如乡村那自然温柔而又清脆美妙的小河流水声。

车前子

原名顾盼，诗人，散文家。1963 年生于苏州，现居北京。出版有诗集与散文集《正经》《新骑手与马：车前子诗选集 1978—2016》《发明》《算命》《明月前身》《木瓜玩》《云头花朵》《苏州慢》等 30 余种，以及举办个人画展多次。对他而言，“诗人选本中的自我，仅仅是件艺术品”，如此而已。

车 前 子 诗 三 首

无诗歌

十一月，十二月，一月，
我们鱼类在冷水中，
神游。你的尾巴黑暗，
如人类。

白戏

对命运的冥想来到困惑之中，
他设下圈套，

一些小马转入灌木丛，
像枚照片的鸢尾花，

专注，会遭遇未来有礼，
找到泉水，这点心愿来之不易：
腿，仿佛翕动的陶罐，
死亡有更为均匀的呼吸……

腹语潮润，毛发垂挂，
腋窝里顽强的秋后蟋蟀，
磨刀石上了断锁链——
困惑之中，成人的小男孩，

在给白杨树加油，
它发动了，四处张望，
都是宇宙，太阳这座集体宿舍，
晾满黑短裤！

雄黄

要让天光进入沉闷之处，
沿墙——战栗的玻璃瓶，剥了皮，什么？

她的玫瑰馅越来……
越过画饼，

河面浓郁的线性，
描黑中药店，

“这里没有雄黄，
它有毒，禁止买卖。”
美妙的柜台，
白蛇是本地区神，

得到护佑。在丛林，
我有礼貌和亡灵，
附体于平庸的植物：
生命之树常青，
仿佛不在，没有落叶。

原形毕露的日子，
剥了皮，
去了郊外。

有人什么都敢吃，越过线性！
而本地区神农，
“我有礼貌和亡灵。”

车前子　风，是江南风

车前子是位极具文人气质的诗人，江南的烟雨浸透灵魂，心影诗意间缭绕江南风。这里的江南，不仅是地理坐标，更是文化气象。文化中的江南，有小桥流水、闲情雅致，还有数千年积淀的人文精神。在诗歌意识上，车前子颇有先锋之范，一行行诗句犹如根系一般深植于当下。诗歌精神上，车前子相对复杂得多，简而言之，则是道，揉合魏晋之风、唐宋之韵以及儒释之宗的道。做人，富才情；写诗，携才气。诗歌，是车前子现实人生的修炼，还是理想人生的建构与舒展。如此，车前子与诗歌建立起一种互偿性的关系，诗中有他，诗中又无他。在这“有无”间，世界喧哗且宁静；在“简繁”间，人生坚实而虚空。

《无诗歌》，这是一个片段，是一幅小品，似乎也是灵魂空白之中的“无我”之象。这不是一首可读的诗，因为只供顿悟，在这以词语勾勒的画面中飞扬。这在特殊的季节，人与鱼、人与自然，如白天与夜晚。题为《无诗歌》，其实真正的诗歌就在场。

《白戏》，满眼的碎片，一如处于实与幻之间的我们。诗歌需要强大的想象力，而想象力的程度取决于心灵的丰富性。这些碎片，是自然界中的存在，是心头的意象。语言是新鲜的，但阅读感是陌生的，真如江南烟雨一般，朦胧中一无所有，又尽在其中。那么，读这样的诗，仿佛去探寻人生奥妙。“太阳这座集体宿舍，晾满黑短裤”，也不仅“知白守黑”这样简单。

《雄黄》，一如车前子的许多诗一般，这首诗的神秘感毕现。因为未知而神秘，有时，神秘也出于敬畏，甚至是对抗。车前子总是让词语与身体一样神秘，写诗，成为他守护神秘的一种方式。他的诗常常就是这样，既是与世界交流的手段，又是与世界保持距离的方法。“我有礼貌和亡灵”，这里的“礼貌”与“亡灵”，关乎生死，更如“雄黄”般驻守于我们心间。

车前子在文化上有着坚固的防守，而在诗歌审美方面，则是旁若无人的激进者。诚然，“自由”与“神秘”是他诗歌至关重要的城堡，其实他是在以诗歌去应和生命底处的繁杂且难以照亮的存在。还是要提及江南，车前子的诗歌就像我们梦中或现实中的江南，那湿润周身的风，无处不在，却又难以捉摸。

陈广德
国家一级作家，中国作家协会会员。在《当代》《十月》《文艺报》《中国作家》《扬子江诗刊》《诗选刊》等100余家报刊发表作品800余万字，已出版诗集《半涨之潮》《踏雪之声》《陈广德诗选》《无伞之旅》，散文及散文诗集《爱的涟漪》等12部，获《人民文学》《诗刊》《人民日报》等190余次诗歌大赛奖和江苏省“五个一”工程奖、亚洲微电影金海棠奖最佳编剧奖。

陈广德诗三首

垂帘

依稀的光，仿若隐藏了另一个自己。
你喜欢的妖娆，
一直在重新雕琢可以呈现的
部分，其中的时间，
总在怀疑某种悬浮的力量，听见过
斑驳，和梦境。

其实并不需要清晰。与花期的
相逢，你会把
抵达的鸟鸣换作是一种
空旷的修辞，

飞翔或者跌落，都像是由内而外的
沉溺。

月色赶过来的时候，你收留了
今夕何夕，让一次次
追问，在房檐下，成为真相的
另一种经历。

品茶

袅袅着。仿佛炉火闻出了
来过又走了的花事。

茶香无痕，只在心里留一叶
孤帆，注解
万仞山后的依稀。

咽下去了，或者被重新
想起。画中人
说出江水浩瀚，仿佛
月亮
又照了一回江堤。

退隐

树枝在没有叶子的伪装
之后，看风月无边。它不同于
水，水有
说不尽的哀痛。

一座寺庙把寂静掩进
落叶的
空隙。有人在水中
拧出石头，
钟声里有石头的俯冲。

光在退隐。是谁点了一下
清白的腋窝，
鸟鸣里，都是寒冷。

陈广德　万物都有深情的呼吸

陈广德以诗作画，又让画中荡漾一叶心之扁舟。他的诗总归于空寂，洗净心中铅华，让灵魂得以清澈且从容。这样的诗，无功利，不纷争，恰如一杯好茶，清香如林中轻雾，悠然浮沉的叶片，仿佛沐浴于春光里。有伤感，但没有绝望；有柔软，但没有颓废。陈广德从俗常人生中退一步，把自己化作大自然的一部分，自信而有情怀地与万物生活在一起。他的诗之美，极其干净，不做作。

是的，陈广德的诗富有禅意，但不是来自庙堂，而是一束光走进了生活的空隙。我们需要这样的诗，正如清晨需要倾听从梦中醒来即将劳于生活的心跳。

《垂帘》，一切都是模糊的，不确定的，其实有没有垂帘都是如此。想象和追问，都在试图看透人生和世界，但结果总不是我们所期待的。生命的无助和无限可能，一直携手而行。人生不可迷失，但过于直白，也就少了许多意味。

《品茶》，茶的前世今生，都在一杯茶里，又与一杯茶无关。“茶香无痕，只在心里留一叶 / 孤帆，注解 / 万仞山后的依稀。”品茶之人，更多的是在品往事。渐行渐远的，是往事；成为血液一部分的，也是往事。这首诗也是一杯茶，可让我们品出生活之味，平常顾不及品品的那份生活之味。

《退隐》，退，退，退到内心深处。那里有温暖，也有寒冷，快乐与凄凉拥抱在一起。忧伤，当是生命的底色。我们可以暂时从人群中隐身，但不可能终生一个人独处。退，是一种前行。触摸到心中的伤痛，坚韧之力便悄然生成。有时，苦痛是一种美，尽管我们不喜欢，但不能不承认。这首诗，便有这样的美。

陈广德诗中的细节尤其值得关注，这样的细节，如同叶上的脉络，根本上，并不是为了情绪的铺染，而重在细致地呈现。这样的纹理，是心象的谱系，也是精神的奇异建筑。陈广德将西方的象征主义与东方的“天人合一”进行了有效的融合，生命的质感和想象的虚幻统一在自然之意境和人生之遐想之中。在这里，所谓的通感，其实是诗人进入了“有我”和“无我”为一体的境界。如此，他的诗，向内是修炼，向外则有对抗之功。看似绵绵，其实有如水般持久的穿石之力。

大枪

江西修水人，长居北京。昭通学院文学研究院研究员。《诗林》杂志特邀栏目主持人。《国际汉语诗歌》执行主编。获得第四届“海子诗歌奖”提名奖、首届杨万里诗歌奖一等奖、《现代青年》杂志社年度十佳诗人奖、《山东诗人》年度长诗奖、第五届中国当代诗歌创作奖、“湘天华”杯全球华语诗歌大赛银奖、2018 年度十佳华语诗人奖等奖项。

大枪诗三首

蒋胜之死

告诉你，蒋胜，上帝从来没有赋予你过人之处
出生，成长，娶妻生子，一切都那么不动声色
就像提前拟好的剧目，完整得让人心痛，直到今天
你死得有些提前，女人脸上的霜猝不及防地晕开
一群水墨画在剧目里成群结队地行走，大幕升起
百鸟调试好背景音乐，死道不孤，经幡猎猎
你删掉舌头上入世多年的台词，开始涉足新途

一切源于宿命，哀乐声在老屋颓旧的床上分娩
这最后一声啼哭，沿着爬满墙根的童年溜了出去
并在每一个脚印内续上尿液，以此来标注过往

最后又回到床上来，这就是人生，一个圆
符合当下通俗写作规律，滥情，拖沓，饶舌
千剧一剧，你也得循章办事，活着的人里
谁都无法提供规避死亡的经验，人人都是胆怯的新生

你曾经放荡地把邓丽君摁在八十年代的墙上
仿佛魔怔于舌头的功能，你把每一句歌词抻长
下一个音符总是在上一个音符余音消失之后响起
你梦中抢过绣球，赤手猎虎，马踏京城
你把梦做得风生水起，可惜尘世网幛深厚
母逝妻离，弱子缠疴，黑暗在污渍的窗棂上散养狼蛛
打劫穿窗而过的月亮与五谷之香，这都是人世的劫数
众梦从月光树上齐齐跌落，世界止于你的鼻息
神说，天空有多么灰，你的日子就有多么灰

其实，一个时期你曾经君临天下，你的青春
让所有的庄稼开始怀孕，它们产下稗子
在南方，苹果树开满纸花，花瓣入土即遁
布谷鸟收起翅膀，在春天就已经鸣金收兵
日子由此老去，你开始忘情于盲人卦师的江湖
你把爻象反复拆解，像拆解儿时的翻绳游戏
整个过程尤为诡异，绳结们环环相扣
直取手指的咽喉，除了承受，你无法从中全身而退
游戏令人失望，黄土堵塞了所有咽喉的出口

蒋胜，你对旧秩序是抱有十分的留恋和敬意的
俚语，长发，失眠的夜灯，扬手飞出的水漂

都会唤醒你合上的双眼和身枷棺椁的灵魂
你把自己种植在八月的土壤里，那些破土而出的
山歌，小河，砍去头颅的稻茬，寡妇的花园
都是你的国语，项饰，战利品和规划幸福的版图
你渴望像一个土司一样封建且流氓地占领它们
每天在旺盛的土地上统领朝昏，放牧影子

对影子而言，热爱她是万物的恩幸，你也不例外
你从来没有今天这么恐惧，你想永久捉住她的脚踝
让她在你的桃花潭游泳，你狂执地想把她捉住
你从小喜欢下潭捉鱼，一个影子就是一条鱼
鱼的鳞片上贴有桃花，暧昧如旧时候的戏折子
生旦净丑，西皮二黄，每一场都是爱恨情仇
你从中能触摸到鱼鳞和桃花的质感，滑如青瓷
但就是无法捉住其一，潭里的黑暗涉世很深
鱼在黑暗里没有光，鱼鳞和桃花也没有光
它们的质感被黑暗吃掉了，这不是你的过错
在尘世，万物都是被黑暗分解和消化掉的

顿悟这一点真是不易，它减轻了你的不平和自卑
虽说布衣不同帝王，南方之橘不同北方之枳
但人终究是要作古的，你把作古写在石碑之上
从此挂出代表人世的印绶，不坐尘船，不问津渡
你开始领略到一个新视界的迷人与富足
比如一只蜻蜓落在水边的芦苇上，变成两只
它们勾尾相视，月亮带着诗集寻找朦胧与爱情
在众灯熄灭之后，从一个窗棂飞向另一个窗棂

这些都是小隐者的生活，夜莺歌唱，万物喘息
地上地下，万象所及，到处都是旁观者的风景

你从此专注于荒林山野，把空间和欲望留给人世
人世虽然文风鼎盛，却没有一行文字留给你
甚至小镇的爆竹，也只是为你做礼节性的颂词
这就是人世对你的定性，人情轻薄，重不过纸
好在亲友们总是终审的负责者，他们按照风俗发送你
并且体面地装裱你的灵魂，让你在镜框里做最后的陈述
还会定期洒扫你的新居，朋友会偶尔造访你的老屋
而你坐在镜框里幸福，笑不出框，这种情形会持续很久
直到你跻身世祖之列，这足以告慰你忧郁而年轻的死亡

蒋胜，据说那里是上帝执政的国度，你应该适应新的属性
你素未经历过的正在发生，素未看到过的都是新鲜的
你应该学会藏起惊讶的眼神，那里没有疼痛和杀戮
没有雾霾和欺骗，百兽们头戴佛光，众花盛开于野
熏风得意，万物朝阳，冬天里的每一块草地都是春天的
在那里，连乌鸦的喉咙都不设禁区，到处是感官的盛宴
你还将自动位列星星的朝班，这个潜伏多年的夙愿
终于在彩云之上开花结果，从此，在若干个黑暗之夜
你虔诚而友好地看着我们，看着人世，无端发笑

鱼冢

我在观察一个孩子，其实，我先是在观察
一盆活着的鱼，观察杀鱼人，给每一条鱼
读宣判词，这是杀鱼人的法律，但并不影响
鱼的结局，每宣判一条，孩子就数一声
他的声音很稚嫩，像教堂里含混不清的祷告
1，2，3……44，45……我在想，他可能把每个数字
都当作鱼的名字，生怕数错一条，就会漏掉
鱼的一生，有时觉得拿不准了，还会重新数一次
后来，盆里剩下最后一条，它死于宣判前，很小
比我把任何形容词扔给它，都要小，连杀鱼人
都懒于给它履行程序，直接把它扔给了孩子
看到这里，我已经对鱼和孩子有了兴趣
我跟在孩子后面，看到他找来一个火柴盒
把鱼请了进去，他还试着把它的眼睛合上
不过没有成功，我心里在笑：又不是人的眼睛
孩子终于放弃了努力，他在一小块空地上
蹲了下来，开始慢慢地往火柴盒上堆土
土丘并没有堆多高，明显低于孩子的期望值
这时，远处有人喊他回家，太阳也快要下山了
不过仍然能给小土丘，标注一个身影，这身影
比我把任何形容词扔给它，都要小，但还是能
赶在天黑之前，最后一次显示它，高于地面

我的 1980 年代的春天

在我稚嫩，无趣的 1980 年代
老师让我用花朵歌颂春天
歌颂温暖，安详，色彩和生命
我对老师说，“不”
我无法歌颂没有祖母的春天
也无法歌颂没有父亲的春天
更无法歌颂没有粮食的春天
我根本无法在这三者缺失的情况下
还能集中精力用花朵歌颂春天
花朵是件多么美好的事情啊

在我的眼里只有数不清的冬蛇
在抵达春天的树枝，而不是花朵
我看见蛇舌在每根枝头上跳跃
像一段段猩红的点燃爆炸的引信
母亲曾说我也是一条揭竿而起的冬蛇
生下来就把春天的奶头咬得生痛
我很乐意接受这种富有诗意的比喻

也有人劝我能不能温顺地喜欢点什么
当然，我喜欢雪花把瞳孔冻成白条鱼的感觉
还喜欢把祖母父亲粮食揳入梦境
为了这些梦我甚至奢望白昼变得更为短暂
这让我对冬天的依赖与日俱增
因此，我每天向神祈祷春天不要降临

这使得很多沉迷踏青的孩子记恨于我
他们把倒春寒也算在我的头上
并恐吓要抓条蛇来超度我，可就算被超度
我仍然不会用花朵来歌颂春天
我在等待他们施我毒液，这样我就拥有
比春天更为灿烂的前程，从而可以
顺利地住进迷宫一样的冬蛇的洞穴

这种结局更像我一个人的反春天的庆典
我无比憧憬那一刻自由，完美地到来
在那里，我必将遭遇前世的小伙伴
他们掌管着一把启开往生之门的钥匙

大枪　可靠的民间性

大枪属于将激情与思考调度得很好的诗人，写作的最终目的是在追问中表达，并试图舒展人生的安放之地。他个性化的想象力、沉稳而诗意的修辞以及纵横的思绪，都聚焦并立足于现实生活。在他的诗歌里，历史的回望、现实的阅历，都浓缩于个体体验，作为诗歌的种子和诗性的能量。

转身，是大枪诗歌创作的重要关键词。对诗人大枪而言，转身这样的动作，其动机和最终抵达的境地，是多样化的。从现实潜向历史，从浮华落于凡真，从外在回到内心，从模式化的集体意识折返于生活的民间性。转身，是为了清醒，为了寻找丢失的某些东西，更是为了走向更远更明亮的前方。

《蒋胜之死》，无须知道“蒋胜”是谁，诗人大枪在怀念一位叫“蒋胜”的朋友，所有的词语都浸染深情。密集的句子，密集的表达，让我们的情感难以抽身，无力忽视生命的丰富和苍白。这首诗是在描述，更是在对话。诗人与“蒋胜”在对话，也在与自己私语，更在于广义的人生呼喊。这首诗，能让我们读到许多，最大的价值在于能读到我们每个自己。这是一首关于生命的传记，我们所共有的生命。

《鱼冢》，杀鱼人，其实并不是孩子的本真角色，只是对成年世界的机械性模仿。渐渐，孩子回到孩子的世界。这一过程，令人欣慰，然而疼痛一直弥漫。其实，这个世界的原初就是一个孩子，现在依然有一个孩子住在我们每一个人心中。可是，我们被欲望异化，迷失了自我，麻木地模仿众多的虚幻与残忍。只有当那小小的“鱼冢”被大地举向天空时，我们才会有些许的苏醒。

《我的 1980 年代的春天》，“我”的童年，与众不同，这是没有经受岁月清洗的童年，也是去美化的童年。这样的童年，陌生了我们，也被当年的伙伴所孤立。总会有这样的孩子，不一定是少年老成，这也是孩子众多自然状态中的一种。当然，诗的题目，隐含另一种童年或历史性的意味。如此的叙事，是文学是诗歌的魅力。

显然，大枪是诗人的笔名。在读他的诗时，我总揣摩诗人取这一笔名的用心。一杆大枪，醒目而充满力量。瞄准、射击，子弹扑向目标。后坐力会让肩膀后移，疼痛如另一颗子弹击中身体。大枪写诗，犹如射击。在我想来，诗人大枪就是一杆枪，读他的诗，我们就是在举枪射击。

邓太忠
四川南部县人，当代诗人。中国作家协会会员、四川省文艺传播促进会副会长、四川《蜀本》执行主编。

邓 太 忠 诗 三 首

现实里

一觉醒来，我百孔千疮
身体躲进幽深的空巷
斜阳掠过，为我
打捞起一生的忧伤

不远处的一声炸响
让受伤的白云
忘记天空的辽阔
在一片叶子的下方
轻风细雨
爬过根须的蚯蚓痛心疾首
只愿一条河

不再绕流，也许
大海会在最近的地方
一直等候

我看见我身体滴落的血
流入金色的秋季
骨头却在一片零乱的芦苇
自言自语

本命年

又走过十年，又回到起点
这一次，没听见
我第一声啼哭
荡漾起母亲神性的光彩
开在父亲脸上的花，在额纹
纵横交错的纠缠里凋零

该忘记的，总在心田
漫无边际地节外生枝
一些人，一些事
对号入座之后
让晨起暮落的太阳啼笑皆非

惊慌失措的我

开始一段不打灯笼的夜行
想走出原点
去看山是山，去见水是水

你身后

我将头颅放进你的心血
如一把锁在一汪汽油里游荡
上岸之后，一度锈蚀的身体
轻飘如云，闪亮如光

这就是脱胎换骨，可我
苏醒过来，没看清你的方向
最亲的，最熟的那些人和事
面目全非，东躲西藏

你身后，我成为暗伤的根源
打灯笼才看得见太阳的来往
落叶飘过眼帘的瞬间
土崩瓦解的想象零乱碎响

感觉在三月小雨里绽放成花
情窦初开的春天
没有走在回家的路上
一个月夜深处，我正被下葬

邓太忠　**在疼痛的诗意里穿行**

不仅这三首，邓太忠有许多诗歌的内核都是疼痛。有时，我总觉得阅读他的诗，如同有根钉子插在心头。不是正在插，而是早已插进。故意忽略钉子的存在，做不到，因为在隐隐作痛。拔出来，不行，哪怕只是轻微地触碰一下，也是很疼的。

痛感，是文学的基本品质。借文学之名，抚慰现实的挤压，这是文学之于人生的出口。所不同的，只是方式各异。那些充满快乐和幸福的文学，说到底也只是在帮助我们忘记疼痛，走出困境。还有不同的是，我们如何去梳理疼痛，直面疼痛，进而书写疼痛。就诗歌而言，似乎更能积聚力量的尖锐，既在一点上直刺疼痛的要害，显示诗歌独特的非凡之能，又可以在极为有限的文本空间里浓缩辽阔的时空和心境。

“隐忍”和“乐观”，当是邓太忠有关疼痛诗歌的两个关键词。这其实也是他叙述疼痛以及由此而来的人生基本姿态。

没有夸张的呼喊，更无剖开伤口蛮横展示的血腥。“一觉醒来，我百孔千疮 / 身体躲进幽深的空巷 / 斜阳掠过，为我 / 打捞起一生的忧伤”（《现实里》）这是在自我体味，甚至是在自我疗伤。没有忽视疼痛，也没有任由疼痛泛滥。既有细微的感受，又相当有节制。更多的时候，邓太忠将无可言说的疼痛，以画面的方式呈现，由阅读者结合自己的生活将画面还原为疼痛。这样的疼痛，是邓太忠的，又是读诗者的。“我看见我身体滴落的血 / 流入金色的秋季 / 骨头却在一片零乱的芦苇 / 自言自语”（《现实里》），此时，邓太忠与读者一同凝视，进而各自的灵魂抚摸这样的画面。

疼痛是人存在的具实状态，也是人生的终极苦楚。我们无法彻底驱逐疼痛，但也不能终日陷于其沼泽之中。“惊慌失措的我 / 开始一段不打灯笼的夜行 / 想走出原点 / 去看山是山，去见水是水”（《本命年》），尽管被疼痛纠缠，邓太忠并没有被吞噬，而是保留了一份希望之光。

有就是无，回到极淡的状态，有时更蕴有巨大的能量。邓太忠的疼痛抒写，更贴合我们的生活以及想象中的诗歌。如此的诗歌力量，是坚韧的，长驻于心间，挥之不去。

杜立明

70后，聊城人，现居淄博。中国作家协会会员，淄博市作协副主席，诗歌创作委员会主任，淄博市评论家协会副秘书长，淄博市首届签约作家。写诗，兼及小说、散文。著有诗歌集《五月的最后一天》《四月》《我的诗经》，童话集《不是所有的怪物都是坏的》。山东首届作家研究生班学员，鲁迅文学院山东中青年作家研修班学员。现为《山东文学》编辑。

杜立明诗三首

一只蝈蝈

给三岁的女儿买来一只蝈蝈
女儿给它起了一个另外的名字
从此，它就有了新的和这个名字有关的生活

它在一个红色的小笼子里
夜里突然叫了起来
它用寂静打碎了我的寂静

蝈蝈说的话没人给我翻译
我说的话也一样，比我大的那个人
并不在乎我到底在说些什么

每晚夜深人静了我就趴在笼子边
看黑暗和孤独淹没一切
女儿的呼吸轻柔

有时候，我惊觉于寂静
我发现我不是买回来一只蝈蝈
而是买回了自己一个缩小的灵魂

它像一个并不存在的事物
它单调的叫声接近于佛，接近于真理
它开始充满了我

多么平凡的一天

今天，多么平凡的一天啊
我在这个年龄活着，夕阳
故意停在那儿不动了
所有人都跑得那么快，我在马路中央
像没有电了的钟表的指针
这么多年我都没有跑出自己的身体
你对于我，只是一个传说
太阳每天都把自己杀死一回
死亡如此红火
我只想停下来听听那个叫我的声音
所有的汽车在我身后按着喇叭

我严守和这个世界的合约
在最美好的时间里遇见你
按照规定的时间老去
我们只是一件会旧的装饰品
今天，多么平凡的一个黄昏
我这个不知孤独为何物的流浪汉
竟然无比欣喜
我发现了天地间的大秘密
鸟努力飞上去，想要按下黑暗的开关
此刻，我发现，我离开我了
你是最后的那首诗

一半的心

人到中年，只用一半的心来跳动
另一半埋葬着爱过的女人

夕阳不肯落下，像我不肯迈出门口
天黑之后一切就变了

每一次和这世界的告别都没有预演
来不及流下眼泪

四十岁零五十八天的太阳
已经燃烧了多少时间

用仅存的这一半心喂养爱情
喂养灵魂里不安分的夜莺

把黑白分开一样多，把季节安顿好
开始闭门谢客

我终于开始怀疑什么

杜立明　极简，让诗歌生活化

杜立明的诗歌具备“低调的奢华”的品质，远离雕饰，回到生活的平实语境，如窗前一盆文竹那样自然清新，美触手可及。杜立明清除口语里的杂质和口水，让口语端庄一些，让书面语俯下身子贴近大地。如此，口语还是口语的腔调、姿态，但更加纯朴。保持口语的本质，适当调调味，杜立明以自己的方式表现语言朴素外衣里的张力。他发挥语言通俗性的美感，书写生活的日常之味。语言世俗而又干净，平常而有意趣。他以大道至简的诗心，点化普通人的情感和感悟，诗歌得以在生活化中获得美学形态。杜立明的诗歌写作，可称为“点卤”之法。朴实，并不意味粗糙；行水流水，并不是任其无序。杜立明的高明之处在于，以有为之心现无为之形。

读杜立明的诗，常感觉在散步。是这样一个清晨，阳光温暖，河面上的雾薄如轻纱。看似漫无目的，其实心中有方向。没有遇上美好，又好像一直在美好里。路很平，有些松软，但走着走着，便不知不觉到了高处。

《一只蝈蝈》，娓娓道来，朋友般的口气，日常的话语，杜立明似乎只是一个忠实的讲述者。其实不然，他故作随意的表面之下，在精心地引导我们进入情境。他的巧妙隐藏，让我们误以为我们的行走很自我。即使在诗的最后几段，他的语言已经发生了变化，我们竟浑然不知。

生活总是平凡，我们渴望人生的不寻常，但终究会依恋平凡。在作品中呈现平凡，要把平凡写得既平凡又具有阅读力，小说、散文和诗歌面临同等的难度。《多么平凡的一天》，一个平凡人众多念头在拥挤与嘈杂。这平凡的时光，对应的是我们无所适从的世界和无法安抚的混乱之心。这本是孤独的、无助的、沮丧的，而诗人杜立明总能感受好生活之美、人生之幸。

《一半的心》，写的是人至中年的心境。“人到中年，只用一半的心来跳动 / 另一半埋葬着爱过的女人”，这质朴的语言，让人震撼。不需要想象力，就能直击心跳。一半，与另一半；白天与夜晚，黑与白，诗人在言说自己的中年，而我们体悟到生命的哲学。

杜立明属于为自己写诗的诗人，为自己的生活叙写，为自己的灵魂诉说。他的“为自己”，不做作，又不自恋、自私。

朵渔

1973 年出生于山东，现居天津等地。写作诗歌、随笔，主持个人出版工作室。

朵 渔 诗 三 首

危险的中年

感觉侍奉自己越来越困难
梦中的父亲在我身上渐渐复活
有时候管不住自己的沉沦
更多时候管不住自己的骄傲
依靠爱情，保持对这个世界的
新鲜感，革命在将我鞭策成非人
前程像一辆自行车，骑在我身上
如果没有另一个我对自己严加斥责
不知会干出多少出格的事来
尽量保持黎明前的风度
假意的客人在为我点烟

一个坏人总自称是我的朋友
我也拿他没办法……多么堂皇的
虚无，悄悄来到一个人的中年
“啊，我的上帝，我上无
片瓦，雨水直扑我的眼睛。”*

*引自里尔克《马尔特手记》。

仍然爱：致卡夫卡

你们爱着这个天才，并希望
将他从黑夜的写字台边拉开
而这个人已经死了
死在了他独自经营的洞穴里
可你们仍然爱着他
仍然这个词真好
如荷尔德林所言
这样爱过的人，其道路
必然通向诸神

物候

这物候的冬季，人生的盛年
雪与黑暗交相装饰的梦境
光秃秃的幼林挂着一盏朝阳的灯笼
低矮的屋顶上升起一缕青烟
这哀歌般的人世啊，这踌躇的时刻
那些和着艰辛的美岁月哪儿去了
那青春的国也已远离
我们聚于此虚无繁华之地
进行着无主的酒宴
一个暴怒的父亲环伺在侧
父亲造屋于尘世，几次三番
留在地上的产业
无非一堆瓦砾
迁徙的鸟群在空中
互致问候，交相分离
要确信自己活着，活在这
永恒的告别中
然后打开家门
像一个未获邀请的词
独自上路

朵渔　悲伤的缝隙里有光

朵渔的诗，常有悲伤的气质，一种源于生命无常和世界挤压的悲哀与忧伤。这是人类共有的痛，也是诗歌需要抵近再抵近的命题。朵渔的明亮之处在于，常将悲伤撕裂露出些许的光线，这是历尽磨难之后的心境，更是生命前行的希望之光以及不可或缺的能量。朵渔的内心是敏感的，并不停息地思考，真诚而极具光芒的思想活动洋溢于诗行里。他对生命有着深切的关怀，以自己清洁的灵魂，清洗诗歌，因而，他的良心在诗里熠熠闪光。

《危险的中年》，中年是人生的分水岭，处于半山腰的位置。其实，危险一直伴随生命，沉重一直是人生无法消褪的背景。“如果没有另一个我对自己严加斥责 / 不知会干出多少出格的事来”，我们的内心总是有两个“我”在博弈，有外在的制约与评判，更有自我的升华或放逐。岂止中年，我们一直处于危险之中。对此，朵渔的可贵之处在于，不但很清醒，而且时常在提防和阻止心灵遭受污染或扭曲。

《仍然爱：致卡夫卡》，卡夫卡带有很强的象征意义，身陷困难，不住地呼号与抗争。尽管黑暗总尾随或淹没我们，但生活总有美好，无论现状如何，我们都要怀有美好之心。爱，是一个动词，更是我们当有的生活态度。“仍然”，来自自我的觉醒和坚守。

《物候》，人与世界互为映照，换而言之，我们的心绪和情感，都可以在大自然中找到言说或寄托之物。物候，自当是心空的气象。“父亲造屋于尘世，几次三番 / 留在地上的产业 / 无非一堆瓦砾”，这似乎才是诗人最想表达的，最终能留下的，一定不是物质。我们在物的世界里，在伤感的季节，灵魂如何自立而通彻，一直是朵渔书写的主题。

朵渔是位相当严肃且正直的诗人，提倡诗歌与生活的密切相处，不逃避，不胡言乱语，直视人生和世界的不幸与无解。朵渔爱写随笔，经由随笔，更为深入地走进纸上世界和现实的人间，从而积攒知识和思考的厚度，并保持独立的认知和表达立场。他在与自我对话的同时，也是检视诗坛风云中的积极与消极、固执与突围。从这个意义上说，朵渔有着诗人高洁的理想，着力于诗歌的良性行走。

孤城

安徽无为人，现居北京。中国作家协会会员。任诗刊社中国诗歌网编辑部主任。出版诗集《孤城诗选》。作品散见于《诗刊》《人民文学》《星星》《诗选刊》《诗歌月刊》《扬子江诗刊》等期刊。入选年度《中国诗歌精选》《中国年度优秀诗歌》《中国诗歌选》《中国诗歌排行榜》《中国新诗年鉴》等选本并获奖。

孤城诗三首

一只乌鸦

一团雪，再也不想白活在其他雪中间
一团雪
一个窟窿，要黑给这个世界看

一团雪
不惜孤绝，狠命将自己从白雪中
抠出来

一团雪愣是按照自己的想法
飞起来

一团雪，一只茫茫雪野里的乌鸦
在用自己针尖大的一块黑
擦一望无垠的
白

文印庵

经不得几场伶仃秋雨，绣溪的水，就彻底
凉了
落叶潮湿
好像我们身体里都托举着一只乞丐的破碗
飞檐所指
昨夜，那么多星宿，挤在一起
承受疏离

弯草叶，担露水。赶着一团一团浓雾，路过文印庵
我以为我看见了
其实没有
那缭绕，那悠扬，那袍袖间不可测的空阔与玄机

剩下来的时光，我打算这样度过

找一个有山有水的地方

悄悄住下来。房子不要大，门前屋后一定要有花园
见过面的，就不再见面了。没见过面的
就不见面了

清晨，安静地与随意一片嫩叶交换
对尘世的态度
栽三两竿瘦竹，适时帮我搀扶一下
宣纸上歪斜的羊毫
每天种几粒文字，与晨光中的尘埃
相匀称
紫砂壶、卧藤椅，就着薄雾与天籁之音打瞌睡
书脊砸疼脚背
牵旧伤
怀想一次，就将那竿洞箫默默
擦拭一遍

让连绵苍山教我，一遍一遍在心底默念：
渺小的小
卑微的微
与迎面下山的蚂蚁唠嗑
称兄道弟
累了，就近找一片树荫小坐
看筛了一地的阳光，回忆清贫稿纸上走过的个人史
一脸淡泊
——我挣扎过。现在不了

赶上下雪天，就一个人出门

不走远

就在那一枝梅花能照看到的地方，发一会儿呆

向晚的湖边

一轮明月安详，若你恰好看见，那是七十亿分之一的

孤城

与八百里弓背的波浪一起，练习恢复平静与

归隐

孤城　取暖于古韵与禅意

生于无为，孤城自然是无法选择的。被无为的人文风物滋养，同样如此。取笔名“孤城”，一定是主动的，并深有其意。

印象中，似乎有人提及过孤城诗中的孤独和忧伤。为此，我在这三首诗之外，采取随意之法阅读了孤城的一部分诗作。孤独的状态和淡淡的忧伤，确实是孤城诗歌隐隐的气质。然而，我以为，孤城诗歌真正的灵魂是温暖。

大地上的一座孤城，孤立无援，呈孤独之态势。虽然大众意义上对“孤独”的解释为“孤独是一种主观自觉与他人或社会隔离与疏远的感觉和体验，而非客观状态；是一个人生存空间和生存状态的自我封闭，孤独的人会脱离社会群体而生活在一种消极的状态之中”。但，我们不得不承认，我们许多时候自以为是地为他人贴上了“孤独”的标签。一座孤城，可以自足丰盈；一个孤独的人，同样可以是内心饱满的。极为典型的例证就是打坐参禅。

我读到了孤城这位诗人无处不在的暖意。一个人安静下来，发现世界更多的细节与玄机。我们眼前是他孤独的背影，而他独享静默的宏大。正如其所说：“《诗经》《楚辞》《汉乐府》《古诗十九首》《全唐诗》《花间集》《唐诗三百首》……这些浩如繁星的诗学瑰宝，是胞浆汉诗底蕴、风华的母体。”他徜徉于古韵之中的文气，飘逸的衣袖带着典雅之风。在他的字里行间流动着对于古典文化的怀旧、致敬和绵延。我们可以轻易感觉到，他的文字和诗法扎根于传统文化的坚实土壤里，沐浴着现代和后现代的阳光雨露。这样的味道，是孤城式的。

孤城坚守着某种心念，或许，这是他与生俱来的。与飘忽的现实保持一定的距离，抑或是常常从现实中抽身而出，超越浮华，摆脱束缚，回到内心深处的自在、素净之地。“让连绵苍山教我，一遍一遍在心底默念：渺小的小 / 卑微的微 / 与迎面下山的蚂蚁唠嗑 / 称兄道弟”（《剩下来的时光，我打算这样度过》），这其实是一种主动性的放下，站在低处。这是诗人经常书写的内容，也是诗人心境的映射，至少也是诗人向往的人生态度。

我读到的温暖，既是孤城的文化暖意，也是他之于生命的本质性的呼唤。他以古韵和禅意取暖，而我以他的诗歌取暖。

谷禾

1967 年生于河南。20 世纪 90 年代初开始写诗并发表作品。著有诗集《飘雪的阳光》《大海不这么想》和《坐一辆拖拉机去耶路撒冷》《北运河书》和小说集《爱到尽头》等多种。获“华文青年诗人奖”“扬子江诗歌奖”等奖项，被评论界誉为“嬗变的现代进程中乡村灵魂寄居于城市文明的典型代表，他立足于城市和乡村的反差，殚精竭虑地探询现代精神的出口，是当下不断超越自我的少数优秀诗人之一”。

谷 禾 诗 三 首

唐朝来信

一路走过千山万水
它带上了草木的气息
使者的体温和汗味
因为途中的一次变故
它遇上了匪患，信封之内
那些文字，惊惶，无助
毫无疑问地，一次次
想到了死，火焰的舔舐
水的浸渍，被黑暗的胃分解

星期一，我坐于窗前
看窗外建筑，如群山汹涌
雾霾下的绿植，比雪更虚无
一群疾飞的渡鸦，在冷冽
空气中，模拟穿越时空
当灯光安静下来，纸的喘息
分外刺耳，你的手写体
如屋瓦上的燕子，带来天空
离散和挣扎的云朵
用一首诗或一则传奇去呈现
是不够的，虚构的瘦马
颤抖着筋骨，孤独地走来——
你用宣纸述说的一切
不外乎孤单岁月的回忆
它模糊，不指向未来某一日
寒流的侵袭，如不同时代的爱
我的痛惜只在于，以前从未
留意山水间，那更多消失的驿站

一个早晨

河水在桥身的震颤里
流淌，赶着上班的人们
看不见一朵雪花飘向水面
在波浪细碎的反光里

它有短暂的晕眩，仿佛
新的一日也是用旧的一日
无人去细想流逝的恐怖
黑白相机也难以拍下
时间一刹那的决绝或迟疑
外科医生慢慢戴好乳胶手套
小学生急着削去铅芯的外衣
我有一封永不拆开的信留在桌子上
固执地反抗着锈蚀的刀片
我用水笔写诗，它的
喜悦和疼痛都是液体的
闪着记忆的光朝向新生

悲伤的椅子

河岸边的渔火，再一次
照亮一部分的水。另一部分
流入污浊的黑暗管道。塔吊
从远处，窥见水中干涸的影子
一眨眼儿又走失于无形。
远行者止步于自我的怀疑
堤岸曲折，鸟鸣搁浅在枝头
从密匝匝的叶子下，紫色浆果
旋转着身体里撕咬的野兽——
它不甘于就此沉沦。“让死

活下去……”这一会儿
他揪紧了轰鸣的耳朵，看见
更多心碎的人，颠覆了
一把旧椅子的完整性……从空荡
的屋子中央，风的行刑队
围拢过来，光影带动枯叶的河流
在椅子下翻滚，沸腾

谷禾　所有的，只为擦亮

谷禾是坚定的当下诗者，寻找并讲述生命与时光重叠或分庭抗礼的触感和记忆。此时此地的存在，汇聚了历史与未来，宏大与细微参与共谋，有与无同时在场。谷禾能听到遥远呼吸里的节奏，看到一条路上隐藏的无数脚印，再黑的夜晚，都有光在他心头亮起。他的诗歌自在飞翔，但根始终与大地相连，力量来自对日常生活的抓取。他写诗的过程，就是把诗意还给生活，还给普通人的过程。

视野开阔，包容岁月与万物，谷禾诗的怀抱无所不能，而爱一直是他写诗的原动力。忧愁、诘责以及愤慨，都源于他对人生和世界之爱，他的目光里总有真情的温度。

《唐朝来信》，这是一封古老的信，清晰的字迹，模糊了岁月，带来更多的消失。我们总是被现时所迷醉，忽视身后的路，那些曾鲜活的历史、文化和人生，被我们遗忘。这样的缺失，让我们的内心无法完整。回到历史深处，回到唐朝这封信里的时光，终极目的是要回到我们该有的那个丰实的内心。

《一个早晨》，新的一天，其实是昨日的再现，明天的提前到来。人生最坚实的，其实只有今天，只有此刻。我们的双脚过于急躁，目光过于向前向上，而无心细细品味一个又一个今天。“外科医生慢慢戴好乳胶手套 / 小学生急着削去铅芯的外衣”，医生对于生命是慎重的，而小学生总急切地走向明天。谷禾在提醒我们，爱就在身边，就在时光从我们指尖溜走的每一个瞬间。无视当下，我们必将一无所有。

《悲伤的椅子》，这是一首幻觉式的诗，基于诗人细致的观察和异乎寻常的想象。这又是一首无比具实的诗，书写了生活中那些被我们遮蔽或漠视的部分。椅子的悲伤在于，它失去了感知以及愿意感知的心境，而我们常常只是这把椅子上的一根木头。

谷禾的诗总带着生活的体温，爱着日常生活，又在升华日常生活。他的语言简朴，有口语的生命性，又深蕴古典与现代融合后的审美。他以目光擦去浮在生活之上的灰暗或污渍，又以诗整理人与现实的关系，建构完整且丰盈的人生。那些深邃、神秘，以及交织的情绪，动作是一致的，只为擦亮生活的诗意，擦亮生命的表情。

郭晓琦

1973 年生于甘肃镇原。中国作家协会会员。鲁迅文学院第 15 届中青年作家高研班学员。发表诗歌、散文随笔及小说作品，并多次入选多种年度选本。另有诗作入选高中语文电子阅览教材和小学五年级《经典诵读》；曾获《诗刊》《作品》等刊物奖、第十届华文青年诗人奖、敦煌文艺奖等奖项。诗集《穿过黑夜的马灯》入选“21 世纪文学之星丛书”。2008 年参加诗刊社第 24 届“青春诗会”。

郭晓琦诗三首

我总是描述不好故乡

我总是描述不好故乡。我把山说成是穷山
把水说成是瘦水。我写下的路
窄小，摇摇晃晃。我写下的阳光太毒，月光太凉，太忧伤
我把蓝天写得太蓝了，把白云写得太白了
把青草和小野花写得太纯朴，太羞怯
像闪到路边的小姑娘
我总是描述不好故乡。我把春天
写得缓慢、迟钝，像性情温顺的婆婆
把夏天写得急躁，风风火火

像一个坏脾气的倔老汉
我把八月的苞谷，看成是腆着大肚子的、怀孕的村妇
把九月的高粱，看成是醉酒的汉子
我总是描述不好故乡。我把羊群
写得散漫，从秋天的大洼
慢慢游移进冬天的谷底。把公鸡写在黎明的墙头上
把牛写在黄昏的田埂上。我把驮水的毛驴
写成了民歌手。把鸽子写得像公主
把乌鸦写得似巫婆
我总是描绘不好故乡。我把钻天杨
写得太英俊，一直插进了云霄。把枣树写上断崖
像绷紧的弓。我把柳树的脖子写歪了
把杏树的腰写弯了。我把瓦屋写得低矮、破旧、松动
像蹲在时光里咀嚼往事的老人
我把父老乡亲写成了忙忙碌碌的黑蚂蚁，四处奔波
……我总是描述不好故乡
这让我一直背负着作为一个诗人的羞愧——

2008 年

除夕的早晨劈一截木头

除夕的早晨，我感觉浑身是劲
开始在院子里
劈一截木头

我把雪亮的斧子抡得很夸张。一截木头
被劈成四半
我惊奇地发现
它们就是躺在我面前的四个季节

春天慵懒、酥软。夏天燥热。秋天铺开短暂的
金黄和无边的萧瑟
冬天冰冷、坚硬、风声呼啸
让我的斧子劈出了四溅的火星
不过，这并不影响我的惬意和痛快
我浑身是劲，一口气
把四个季节劈成一年中的十二个月份
把十二个月份
劈成一年中的三百六十五天

飘雪的一天
麦草垛着火的一天
新屋上梁喜庆的一天
沙尘吹暗的一天
桃花点亮的一天
冰草梁上栽瓜种豆的一天
牛配种的一天
搓麻将的一天
跟老婆吵架窝火的一天
骑自行车带母亲去镇子看病的一天
日偏食的一天
挥汗如雨抢收麦子的一天

小南风里碾场的一天

为李阴阳送葬的一天

帮邻家迁祖坟的一天

编背篓的一天

掰玉米棒子的一天

榨油磨面的一天

骟羔羊的一天

喜宴上没放倒村长却放倒自己的一天

杀猪的一天

……

哦，美好的一天和不美好的一天

当我把这些用过的时光

整齐地码在屋檐下时

我发现，这一年，只不过是一小堆温暖的柴火

2012 年

祖屋

我们说说笑笑地拆迁祖屋

把那些长满黑苔的瓦片、碱砖、土坯子

虫子打空了的木檩条扔下去

扬起尘土——

我们卸掉古式小木格窗子

骨头架子松散的榆杨木转轴门
父亲坐在一边默默地看着
一声不响

在拆迁祖屋之前，我们轮番给父亲
做工作。把新楼房的图纸
拿给他看，一遍一遍地解释
对于我们，这是一件大事
值得好好摆几桌子的一件大事
但父亲一点也不惊喜
一句话也不说

院子里的一株桃树都惊喜了
忍不住吐露出珍藏了一冬的爱情
电话线上的一排小鸟都惊喜了
翠绿的鸣叫，像朋友们发过来的贺词
过路的风都惊喜了
轻轻地鼓荡起我们的衣衫
送来花香、青草和新雨的气息
但父亲一点也不惊喜。他一声不响地
坐在旁边，看着祖屋慢慢地矮下去
渐渐地消失。看着我们弟兄几个
说说笑笑地干活

2004 年

郭晓琦　**有根的飞翔**

郭晓琦一直把“根性”作为诗歌的精神命脉，心灵沉入生活内部，沿着生命和生存的本质性根系，寻找当下变与不变的源头。他身远离乡村，但心一直在村庄，像庄稼一样生长，这是一种真正意义上的在场写作。郭晓琦的诗歌大多以村庄为背景，但并非简单的村庄史或地理志略，而是在回忆中建构我们心中的村庄，一个与现实相似又呈对立面的村庄。即使是那些、村庄为素材的诗歌写作，他也是“返乡”的姿势。唤醒灵魂的声音，书写精神谱系，郭晓琦的诗歌深植大地，以村庄为“精神原乡”，让乡村叙事更具朴素感和现时价值。

《我总是描述不好故乡》，这是一首诗，也是诗人郭晓琦写村庄的动力和追求所在。在这片土地出生、成长直至后来的守望，他的生命就是村庄的一部分，但他并没有认为自己很熟悉、很了解村庄，谦逊之心，让他更坚实地书写乡村。这与许多自以为是的写作者截然不同。这才是郭晓琦写作的特别之处和难得的资源。

《除夕的早晨劈一截木头》，除夕是一年的最后一天，对身后的时光的回味，“躺在我面前的四个季节”，成为过去的人生，也映射未来人生的影子。诗人的追忆性写作，其实是在以转身的方式寻找前行之路。

《祖屋》，是郭晓琦“有根写作”的寓言性作品。祖屋的象征意味很明了，拆除祖屋这一行为背后的当下生活欲望的快意与昔日精神崩塌的失落，同时在场。这是两代人的真实写照，也是我们所有人当下生活的指涉。“父亲一点也不惊喜。他一声不响地 / 坐在旁边，看着祖屋慢慢地矮下去 / 渐渐地消失。看着我们弟兄几个 / 说说笑笑地干活”，父亲不惊喜，但也没有表现出过度的悲伤或阻拦。父亲的沉默，有隐忍的痛，也有迁就儿子的亲情。这是一个两难角色，无法保全祖屋，愧对上一代，这是亲情；让下一代选择自己喜爱的生活，这同样是亲情。许多时候，一些传承就是因为这样的“亲情”而断裂，当然也因这样的“亲情”，许多美好得以延续。父亲，不仅是父亲，是我们每个人，在前行中不断地被纠结，在坚守中被撕裂。然而，我们终将要前行。

郭晓琦与他的诗歌同在他故乡的那个村庄行走，瓷实的脚步，是丈量，是叩问，更是以此体悟乡村河流和自己血液的流动。在当下文学太多的“伪性乡村叙事”的状况下，郭晓琦让诗歌像当年自己在村庄成长那样成长。如果我们不把郭晓琦的诗歌狭隘地理解为浅层的或单纯的乡村叙事，就会发现，乡村只是郭晓琦的叙事场，他飞翔的是有关时代与人生的深度思考。

海男

女，出生于20世纪60年代，中国当代著名作家，中国女性先锋作家代表人之一。曾获1996年刘丽安诗歌奖、中国新时期十大女诗人殊荣奖、第三届中国女性文学奖，2014年获第六届鲁迅文学奖（诗歌奖）。海男有跨文本写作《男人传》、《女人传》等长篇小说代表作《花纹》《夜生活》；散文集《空中花园》等，诗歌集《唇色》《虚构的玫瑰》等。现为云南师范大学特聘教授。

海 男 诗 三 首

星期五的白色泡沫

星期五，将脏衣服放进了洗衣机
使听见了滚筒的声音。在里面，白色的泡沫
人类发明的洗涤剂的泡沫，正洗干净
衣服的领口，这个部位靠头颈
靠近支撑点。就像善恶支撑了躯体
它仰起垂下，朝左右环顾
洗衣机在滚动，人类发明了诸多的泡沫
发明了机器人、手机、电话号码
洗衣机在滚动，白色的泡沫

挟裹着我们衣服上的泥浆
挟裹着黑色的星期五，噢，泡沫
整个下午四点半钟的时间
都在感受洗衣机的滚动
泡沫从塑料管道中再流入下水道
再流入看不见的深渊，去到我们不知道的地方
我隔着洗衣机的盖板，看见了泡沫
来自澜沧江的巨涛泡沫
好吧，我们不再谈论焦虑症中隐蔽的现象
就像男人和女人是两个不同的性别
好吧，在不同的白色泡沫中延伸的词
仿佛暗示我，唯有穿上鞋子的远游
可以结束星期五的黑暗
唯有语词，带我们去看更多变幻无穷的泡沫

请别混淆鱼与水的亲密关系

有些东西是说不清楚的
你明明看见了一个人，仿佛似曾见过
你费力地搜索。我们一定会熟悉搜索
这个词，在有云穹尘埃的世界里
我们带着这个词，就像农人手里紧紧
握住了铁铸的锄头。刹那间里
一卷乌云过去了，它到更远的地方漂泊去了
一本书读完了，你低下头站起来推开了窗户

一亩地种上了玉米、荞麦、土豆、水稻之后
过了几十天就看见了幼芽，再过些日子
就看见了不同的面貌。有些东西是无法混淆的
你赤着脚与穿上鞋子在砂砾中行走的感受
是无法混淆的。火车票与飞机票的功能
在两个人手中分别使用后出现了两种境况
火车钻进了深黑色的山中隧洞沿铁轨轰鸣着
飞机盘桓着银白色的双翼模拟着大鸟在飞
请别混淆男人和女人的性别
请别混淆黑与白浸染过的一匹匹绸缎
当我们试图搜索那些存在或不存在的东西时
请别混淆鱼与水的亲密关系
尤其是当我们看见云朵朝头顶涌过来时
请别混淆一只天鹅与云朵的飞翔和飘逸

火焰照亮了一只狐狸的原形

在哀牢山的原始森林里，天很冷
让牙齿开始哆嗦。天黑了，我们点燃了
一堆柴火。你会发现火光中有天蓝色、紫色
还有白色。黑暗，是星际间无法超越的神学
置入其中，顿生虚无。就我个人而言
当牙齿因为靠近了火不再哆嗦后
便在火焰中看见了一只狐狸
在众多的观念中，狐狸就是妖精

妖精，则是火焰中顺着色彩的蜕变
我挚爱那一场场远离哗众取宠的
蜕变。在面对妖精的传说中
总是会看到作为人，我们的颓废和愚蠢
天黑了，哀牢山的原始森林
造就了狐狸的原形。火焰蜕变
顺着伸手不见五指的漆黑深处
一只狐狸的原形，正是传说中的妖精
牙齿已不再哆嗦，森林中树影相互移动
似曾看见过的皮毛，听见过的心跳
在蜕变。身心历经了一场人妖的蜕变
蒙难者们不再穿越迷途，开始了
随同一只火焰辉映的狐狸在蜕变

海男　光在那些喘息里

海男是典型的“行走型”诗人，穿行于丛林，诗语与喘息一同抖落，灵魂与足迹在阳光或阴影里晃动。在她的诗歌里，妖娆、温情和强悍，常现神出鬼没之势。作为诗人的海男，没有明显的性别意识，女人男人隐退，人，自在登场，讲述生命的颤抖与欢呼。在奔跑或驻足中思考，一手温柔，一手阳刚，持续地自我撕裂与缝合。

从大山深处走来，一路茂密的森林，是实在之物，是海男的人生，又具多重象征之意。海男是旅人，是挣扎前行的理想者，又是时刻警醒的猎人。她热切地生活着，又常常远离生活现场，回到密林里，独自静坐冥思。如此，她的诗歌，将生活的具象与丛林的神秘结合于一体，既真切可触，又难以完全看清其面目。

《星期五的白色泡沫》，除了熟知的“黑色星期五”的寓意，星期五下午，一周的奔波暂告一段落。这时疲惫与兴奋、尘土与欢心的收获，注定混杂在一起。清洗污垢的泡沫、尘世虚无的泡沫以及江水性灵的泡沫，共同构成人生的这一特定时刻，也是人生永恒的状态。黑暗的星期五与白色的泡沫，这是夜晚与白天，可能是从夜晚抵达了白天，也可能是从白天沉入了夜晚。

《请别混淆鱼与水的亲密关系》，我们过于混沌或清醒时，都会混淆一些关系。理不清许多关系的原因，多半在于我们自以为是，想当然，过于相信自己的感觉或判断。鱼离不开水，但鱼不能认为水也同样需要它。有些关系，我们可以有意混淆或佯装不知；有些关系，则需要精确地厘清。

《火焰照亮了一只狐狸的原形》，原始森林，仿佛一切的原生之初。燃烧的火焰，是来自大自然的温暖；燃烧的火焰，是身边最真实的明亮。只有在这样的时候，蜕变才是最本真的。世间的妖，或许只有这一刻才能现出人的原形。原来，同样在现原形的狐狸，只是我们灵魂的替身。

海男的复杂性，难以言说，就像我们无从分辨每一种喘息里所含有的灵魂状态。能够简而言之的是，海男一直在捕捉人性的光辉和神性的审美。她的诗歌与小说、散文以及绘画，是一个审美整体，如同她身上所集结的迷幻与清澈、妩媚与冷峻。

侯马

1967 年生人。出版个人诗集有《哀歌·金别针》《顺便吻一下》《精神病院的花园》《他手记》（2008 年中国新诗榜年度最佳个人诗集）《他手记》（增编版）（2013 年中国桂冠诗集奖）《大地的脚踝》《侯马诗选》《夜班》《侯马的诗》。曾获《十月》新锐人物奖，《诗选刊》中国先锋诗歌奖，《人民文学》《南方文坛》“年度青年作家”，首届“天问诗人奖”等。现居呼和浩特。

侯 马 诗 三 首

在侯马

暮色里
我跟一个沉默的人摔跤
他是我的好友
但越摔越陌生
越摔越像敌人
我有十足的把握
能将他摔倒
但我无论如何努力
他依然站立

缠斗不止

观众走光了

天色越来越黑

我俩互相掐住肩膀

势均力敌真是难搞

2017年9月9日

维也纳铁匠

圣诞前夜

维也纳天寒地冻

我在广场看到两个白人青年

赤裸上身穿着皮裙

健壮的胳膊上下挥舞

他俩在打铁

飞溅的火花挑动夜空

他俩面前排着购物长队

我依稀记得

他们在打铁玫瑰

铁匠摊旁边

竟然是一个炸油饼摊

炸油饼的人不知去向

只有油饼守着油锅

远处市政厅大厦

虚掩的门漏出灯光
里面满满一屋子洋孩子
如果其中一个
长大后成了诗人
一定会写下这个夜晚——
门开了
门口站着一个东方人

2016 年 6 月 16 日

逻辑

我在读一本传记
人们终于走出了
三年困难时期
公共食堂不办了
一些牲畜、农具、果树退赔了
各村基本上都
恢复了供销社
女人怀上了娃
一个七千人的大会开了
四清的过火行为
不时得到纠正
北大乱了一阵
但属于好人犯了错误

从六二年开始

六三年

六四年、六五年

十分艰难

但似乎往好的方向发展

我却越来越不敢

往下看了

再过一年坝就要溃了

多灾的人民

将迎来滔天的洪水

2017 年 2 月 12 日

侯马　一滴水，或一条河

侯马观察世界具有独特视角，以小见大，或以大见小，在相对之势中透视。视角的转换或变异，其实是侯马身份意识的扭转，以公共身份进入私性之地，以私人身份端详宏大之变幻。

许多时候，侯马不动声色地与生活面对面，以木刻般的质感体现诗的穿透力。清澈之水滴，无色无味的平淡，却可以装下整个世界和众生万物。一直求变的侯马，如河流般运动不息，挣脱程式化，挑战种种不可能。一条河，给人的感觉常常是平静的，可一览无余。然而，有关河流的蕴藏和神秘，只有潜入其中，才可探知。侯马的诗，与河流有同样的品质。

《在侯马》，侯马是诗人侯马的故乡，那么，“沉默的人”可能是另一个叫“侯马”的人，也可能是故乡沉默的那一部分的意象，甚至是一份固守已久的记忆。摔跤，试图以力量征服，分不出输赢，意味着另一种力量的存在。当然，这样的摔跤，或许是彼此亲密的一种方式。

《维也纳铁匠》，之于我们，这是异域之象。打铁玫瑰，百炼钢化为绕指柔，维也纳有柔化一切的魅力。“打铁”“油饼”，又是在他乡遇见的亲切。在“洋孩子”的眼里，“我”这个东方人也是来自异域。他非他，我非我，他即我，我即他，这是我们看世界的结果。

《逻辑》，这是一首典型的“水样诗歌”，语言极端日常化，真如最简洁的传记。这是一段我们熟知的历史，是一根根扎在心头的刺。每一句都是写实，不抒情，不游思，朴素有余，美感全无。诗眼在标题的“逻辑”上，诗力在水面之下。规律也好，轮回也罢，这才是最恐惧而痛心的。悲伤之后的担忧，由此而生。

侯马的诗歌写作常被称为“口语写作”，而我对所谓的“口语诗”怀有深深的质疑。在我看来，口语只不过是素面出行，回归语言的原生性状态。在侯马的诗歌，我们可以看到，不带修饰的语言，并非随意性的抛洒，而是自然性的生发。质朴之下，依然有无限的重量和诗意的丛生。很多时候，“口语”更精确、更以俗常之形显异常之力。于朴素中见奇崛，于平实中显机锋，这在侯马的诗中得到充分体现。

华清
本名张清华，文学博士，北京师范大学文学院教授，北师大国际写作中心执行主任，中国当代文学研究会副会长，中国作协诗歌委员会副主任。出版《中国当代先锋文学思潮论》等著作 13 部，在《中国社会科学》《文学评论》《文艺研究》等刊物发表学术论文 400 余篇。曾获华语文学传媒大奖 2010 年度批评家奖，曾讲学于德国海德堡大学等。

华 清 诗 三 首

一滩白鹭

被惊扰的安详在天涯升起，忽然。
她们优雅地从一个朝代落向
另一个。一片白色的闪电，忽然。
散落的卷册收走往昔的传奇

在南海的红树林，在天涯，忽然——
在江湖的尽头，在草莽英雄的
藏身处，诗歌义士的流放地
我看到它们闪电一样飞跃人世的泥土
和群众粗鲁的掌声，忽然……

一片慵懒而空白的静寂，一片
吹散了又被收走的珍珠
一串水袖与长铗的无声表演，一段渔家
似有若无的谣曲，一地目瞪口呆的碎银
如星群的幻灭，陷在夕光的泥淖中，忽然！

当我失明的天空渐渐清晰
我看见它们凌空跃起
穿越一段默片和后工业时代的玻璃
它们掠过今生如掠过悲凉的秋风

2009年12月

致1976

一月，他丢失的魂魄游荡在乡村的土路上
原野上响起了陌生而悲伤的乐曲
二月里，家中刮过一场龙卷风
年轻女教师的到来，让母亲
在挨了一记父亲的耳光之后放声大哭

到了四月，令人惊惧的口号声让他常向北瞭望
疑惑那抑扬顿挫的广播究竟来自何处
六月，在小河游泳的他目睹了两具尸体
一具是夭折的童年，腐烂后被装进一只塑料袋子

一具是女教师的幻象，赤身裸体
躺在铁路桥下的涵洞里
后来他知道，这是两个互不相干的噩梦

九月里，在田野为公社割草的他
镰刀从水中钩起了一具骷髅，随着他
一声惊悚的尖叫，天空里哀乐再次响起
转眼到了十月
他的眼疾终于痊愈，一场群殴之后
他突然不明不白，被告知了胜利，敲锣打鼓
参加游行。那时他知道，自己作为人民的
一员，会有必将胜利的一生

2014 年 12 月 29 日

一车旅行的猪

在抵近年关的斜阳中
我的车子驶近它们，与它们并肩
行驶了一分钟，我看清了这是一群
几近冻僵的猪，在它们毕生唯一的
旅行中。哦，它们粉白的皮肤
在高速公路的寒风中显得越发红润
好过我，这穿衣服的近亲
我知道他们这次旅行的意义

但我更想知道的是，它们是否也有预感
它们像沉默的义士，一群奔赴来生
和刑场的英雄。一群猪，哦，我们骂人时
顺便将它们羞辱，无辜的生灵
总是奉献于我们既轻且贱的
嘴，还有无比贪婪的胃。那一刻
我的目光遇见了最年轻的一头，它黑亮的眸子
真的非常之美，年轻，俊俏，充满柔情
还有旅行中新奇的悲伤，侥幸的憧憬
或许它并不愿去想，这场旅行尽头的屠杀
那是它们一生与人类交集的
最后方式，然后以美味摆上餐桌
阐释着奴隶、供品，暴殄的狂欢，更好听的说法
是叫作牺牲。以宗教或者其他的名义
我加了一脚油门，终于赶在了它们的前面
向后瞭望这近在咫尺的死。用一声叹息
为它们超生

2015 年 1 月 22 日

华清　理性之中的感性提取

诗人华清，在批评界名为张清华，理论功底雄厚，研究成果丰硕。读诗、评诗，张清华目光冷峻而犀利，在诗学方面享有广泛影响力。他不遗余力地梳理诗史脉络，与当下诗歌保持紧密的在场联系，稳健地营构自己的诗学花园。而作为诗人的华清，恰如其名，逆袭理性，激荡自己神性的一面，让词语回到生命的状态。有“精神分析批评家”之称的他，以诗歌的方式，在另一种向度向精神领地进发。他的诗歌情感饱满但相当节制，赋予词语极具其个性的光泽和使命，善于在灵性与哲性的互动中言说。在他的诗歌里，诗人气质与学者气质亲密相处，融为一体。

华清的诗歌常如一条河流，虽会出现瞬间的汹涌，但多数状态下是一条流动缓慢的大河。波澜不惊，平静的河面，一览无余，没有太多强烈情绪和绚丽风景。然而，河流是有生命的，有着太多可供我们探知的秘密和分享的蕴藏，甚至，河流的世界远比我们岸上的世界更为丰富和神秘。《一车旅行的猪》，路上最易见的一幕，在华清的诗里气象万千，处处有深井，每一口深井，都能让我们进入另一时空，感受另一番情境。标题本身就颇具多义性，在路人看来，这些猪并非旅行，而在猪的心里，或许就是旅行。如果路人把这一车猪去往目的地的过程，看成旅行，这不仅是心态乐观，也将路的寓意深刻化。换一个视角，我们每个人的路都是向死而生，一步步走向终点。这首诗，众多的意味如密实的针脚，完全可以细读出纷繁的景象，具备多方向、多层面的阅读与阐释。“我加了一脚油门，终于赶在了它们的前面 / 向后瞭望这近在咫尺的死。用一声叹息 / 为它们超生”，这一声叹息，当是诗眼。一切之后，我们能留下的，似乎只有这样的“一声叹息”。

《致 1976》，是一首叙事诗，而在我看来，这是一首以小说结构推进的作品。华清将生活现实进行了充分的淘洗，艺术性的重构。1976，含有特定时代且无须明示的潜影，诗的缺失性书写与小说的线性结构互为支撑。诗的力量，其实正是在那些空白之处。

《一滩白鹭》，包含了华清诗歌创作的基本行为和审美意图，是张扬性的举动，也是内敛式的隐喻。滩地的自然性和神秘性，源于生命初始的本真律动，这也是人生场域和精神家园。华清带着高超的诗学修养，提取斑驳生活里的诗性元素，赋予心灵幻象和情感指涉的词语及细节，写下自己的诗歌。“提取”这一动作，既有批评家辽阔的视野和理性的分析、决断，又有诗人的性情和灵动。滩地成为现实生活的象征，其中的物象随词语而动，词语的背后是物象的内在和诗人的精神。

华清凭借才情和学养，以批评家的严肃而理性，回到内心的倾听与迷醉，在清醒与半神的状态下，自由调节“提取”这一动作的温度和心力。他让诗歌与人生一样具备复杂的意识，让诗立于实在的当下，日常生活得以进入奇境和妙境。

吉狄马加

中国当代最具代表性的诗人之一，同时也是一位具有广泛影响的国际性诗人，其诗歌已被翻译成近 40 种文字。现任中国作家协会副主席、书记处书记。主要作品有诗集《初恋的歌》《我，雪豹……》《大河》（多语种长诗）等。曾获中国第三届新诗（诗集）奖、庄重文文学奖、肖洛霍夫文学纪念奖、英国剑桥大学国王学院银柳叶诗歌终身成就奖等。创办青海湖国际诗歌节、成都国际诗歌周等。

吉狄马加诗三首

双重意义

诗人尼基塔·斯特内斯库
在他临终前，对抢救他的年轻医生说：
“请给我一点点你们的青春！”
无疑这是对生命的渴望和赞美，
是对逝去的时间以及岁月的褒奖。
作为肉体的现实，穿越乌有的马匹，
不论是夜晚，还是更长的白昼，
当那一天来临，穹顶上再没有
一颗悬挂睡眠和头颅的钉子。

或许这不是一次回眸，仅仅是
死亡的一种最常规的形式。
如果说物体和思想的存在
本身就是另一种并非想象的虚无。
难怪作为一个曾经活着的人，
跟不同的影子捉迷藏和游戏，
就足以消耗螺旋形的一生。
尽管生命的磁铁并不单调乏味，
但那仍然是生者赋予了它双重的意义。
也许正因为此，荒诞的生活连同
被抽象的词语，才能在光的
指引下，一次次拒绝黑暗和死亡。

2018 年 5 月 8 日

在尼基塔·斯特内斯库的墓地

如果再晚一分钟，
你居住的墓园就要关闭
夜色降临前的门。
用一种姿势睡在泥土里，
时间的板斧终于成了盾牌。
此刻，手臂是骨头的笛子，
词语将被另一个影子吹响。
凝视的眼睛，穿过黑暗的石头，

思想的目光爬满永恒的脊柱。
一个过客，吞食语言的钢轨，
吞食饥渴的星球，吞食虚无的圆柱。
当死亡成为你的线条的时候，
当生命变成四轮马车发黑的时候，
当发硬的颅骨高过星辰的时候：
唯有你真实的诗歌犹如一只大鸟，
静静地飘浮在罗马尼亚的天空。

2018 年 5 月 16 日

写给我在海尔库拉内的雕像

——致诗人伊利耶·柯里斯德斯库

我的眼睛
在海尔库拉内。
我的眼睛，犹如
静止的大海，透明的球体，
山峦、河流、城市、圣殿……
我的眼睛，以万物的名义

注：尼基塔·斯特内斯库（1933—1983）：罗马尼亚著名诗人，被公认为罗马尼亚当代现代派诗歌的代表人物。

将黑暗和光明的幕布打开。
或许这就是核心和边缘的合一。
我的眼睛，如果含满了泪水，
只能是，也只可能是海尔库拉内
的悲伤，让我情不自禁地哭泣。
我的眼睛里露出了微笑，
那是因为唯一。唯一的海尔库拉内，
被众多语言的诗歌在宴席上颂扬。
我的耳朵
在海尔库拉内。
一只昆虫的独语，消失在
思想的白色的内部。
我的耳朵，知晓石头整体的黑洞，
能听见砂砾的呐喊，子宫的沉默。
更像坠落高处的星辰，置于头顶的铁具。
而只有我的嘴巴，在海尔库拉内，
等待着，等待着……有一天，
我进入它的体内，发出心脏的声音。

2018 年 5 月 9 日

吉狄马加 少数里的多数

彝族，属少数民族，之于彝族诗人，吉狄马加可谓少数中的少数。作为大凉山彝族之子，他的诗歌与大山有着同样的品质。山为大地代言，向天空彰显生命精神，表达一直向上的崇高。岩石是坚硬的，沉默的内部驻守世间万物和亿万年岁月的声音。吉狄马加正是这样向上掀起精神高度，向下膜拜似大地一样厚重的历史文化，向内倾听灵魂本真且纯粹的呼吸。他在鲜活沉睡的文化，重拾古典审美，挑亮黑暗中的灯光。

吉狄马加的长诗《大河》和《我，雪豹……》，给我的印象相当深刻。大河，即黄河，中华民族的母亲河。诗人在向黄河致敬，也在整理自己的文化和情感。而《我，雪豹……》则是诗人回到内心，以歌咏英雄和新时代图景的方式，爬梳自身的精神谱系。

这两首诗，激昂澎湃，早已超越了地域和民族。吉狄马加从“彝族精神文化代言人”出发，诗意世界和人类的生存与精神。

《双重意义》，生与死，存在与虚无，是哲学意义的，更是精神的生命性表述。双重，不仅是正反面的体现，更是在提醒我们，意义是可以选择的。这首诗，意象兼具哲学性和生命性，内在空间如生命一样令人深思。诗人的立场是明确而坚定的，笃信自己的价值观，执着追随信念的火焰。

《在尼基塔·斯特内斯库的墓地》,与诗人其他的许多诗不同，这首诗的现代风格尤其明显，但古典之味又隐含其里。节奏跳跃，想象纷飞，语言凝重而密实。吉狄马加在缅怀尼基塔·斯特内斯库，与这位大诗人进行精神上的交流。交流，历来都是对等的。因此，在某种意义上，吉狄马加其实是在与自己进行精神对话。

《写给我在海尔库拉内的雕像》，雕像是凝固的艺术，是一个人精神的集中体现。雕像是缄默的，但如山一样蕴藏无限。在这里，诗人完全是自我诉说，以诗的思想和思想的诗之名义。凝固，意味着坚守，意味着立于风霜雪雨中痴心不改。如此，诗人的理想显而易见。

吉狄马加的“少数”不仅在于其为彝族诗人，更在于他内心的敞亮和对诗歌理想鲜明的主张。他的“多数”是汲取多种文化，特别是中国传统文化，将诗歌的古典、现代和后现代打通，使后现代中有习习古典之风，古典年轻在当下。而这一切又为诗歌的内容和主旨服务，并统一于他高格的诗歌精神之中。

江离
1978 年生于浙江嘉兴，现居杭州。浙江大学外国哲学硕士。
著有诗集《忍冬花的黄昏》《不确定的群山》。

江 离 诗 三 首

几何学

——给蔡天新

风雪过后，我把房屋搬到山顶
每天晚上漫步，在这些蓝色和白色的
星球中间，它们缓慢地移动
像驼队在沙漠，像一个树林里
我们从来没有访问过的古老种类
衰老的橘红色，一个我们不再熟悉的邻人
离开了这里，我感到担心，这也是多余的。
在我的笔记本上，我忠实地记录下
这些诞生、死亡
和两者之间微妙的平衡

似乎存在着一种结构：它们中的每一个
都在另一个之中，孤单
必须成为更大的友谊的一部分
为了永恒，就必须把时间再次分割
在我的房间内，混乱的桌椅
恰好构成对清晰的另一种表达。

2002 年 11 月 10 日

不朽

一个寒冷的早晨，我去看我的
父亲。在那个白色的房间，
他裹在床单里，就这样
唯一一次，他对我说记住，他说
记住这些面孔
没有什么可以留住他们。
是的。我牢记着。
事实上，父亲什么也没说过
他躺在那儿，床单盖在脸上。他死了。
但一直以来他从没有消失
始终在指挥着我：这里、那里。
以死者特有的那种声调
要我从易逝的事物中寻找不朽的本质
——那唯一不死之物。

那么我觉醒了吗？仿佛我并非来自子宫
而是诞生于你的死亡。
好吧，请听我说，一切到此为止。
十四年来，我从没捉摸到本质
而只有虚无，和虚无的不同形式。

阿拉比集市

一首诗有它的原因，它的结果
可能并非如你所愿
十多年前，父亲揍了我一顿
作为抗议，我离家出走
跳上了一辆驶过的汽车。
也许你们一样，挨过揍，然后等待
随便去哪儿的某辆汽车将自己带走
可一首诗能将我们带到哪里？
它生产着观念，变换着花招
它在享受过程的快感中取消了目的。
就这样，我，一个莫名其妙的乘客
看着阳光下两边耀眼的树木、村庄掠过
而一阵晕眩，年轻岁月的风景
在迅速退入记忆的后视镜。
最后我们到了哪里？
一个后现代的阿拉比集市？
那么在一首诗中我应该敲碎它、拆散它

重新编织它，在里面加上反讽？

当我们不得不失望而回

事情的因果将被倒置：

我跳上了一辆汽车，离家出走

作为惩罚，父亲揍了我，那是在十多年前。

江离　绕至背后看正面

江离具有反向性的诗意思维，尊重现实，不做强烈的对抗，而是从另一向度对现实进行拆解、叩问和思考。看似回避或缓和的态度和行为，其实更为有力和有效。江离的诗歌充满哲学意味，处处都有哲性的思索与追寻。他常常游离于边缘或事物的背面，这样的远，是另一种近。

一切都是相依而存，完整与碎片、永恒与瞬间、白天与夜晚、生与死，江离对现实对当下的一切，持有怀疑。也正因为这样的怀疑，使他能够从容面对。

《几何学》，这首诗透露了江离基本的哲学观念，万物相生相依，互为支撑。那些陌生的、奇妙的，之于我们，是另一种形态的熟悉。平衡，是力学，更是人生之态。对于生活，对于世界，混乱，何尝不是一种清晰。这首诗，为人们摆脱困境提供了一种通道。而能在混乱之中看到清晰，与智力有关，更需强大的心力。

《不朽》，写父亲，其实很难写，如果想要写出特别之处。父亲肉身逝去，但父爱以及所有与父亲有关的人生，在儿子身上延续。永远不在的父亲，坠入虚无，如此的虚无，只是以虚无的名义存在。这里的"不朽"，有对父亲的敬仰，更有人类共有的情怀和文化。这首诗让我们深信，诗的主题与精神或许已被写尽，而叙事的方式无穷尽。

《阿拉比集市》，这里的"阿拉比集市"当是源于乔伊斯的短篇小说《阿拉比》，一个梦想尽头的地方。这首诗也极具小说意味，而且是后现代意识很强的小说。"十多年前，父亲揍了我一顿 / 作为抗议，我离家出走 / 跳上了一辆驶过的汽车。""事情的因果将被倒置：/ 我跳上了一辆汽车，离家出走 / 作为惩罚，父亲揍了我，那是在十多年前。"这样的倒置，是理论上的，也在现实生活中。梦想在前方，但始于足下。因与果，总有无从割裂的关系。因为这样的倒置，人生与世界，都将是完全不同的。只是，走过的路，我们再无法重新开始。

诗歌可以具有多种功能，也可以一无是处，而对诗人而言，诗是生命的一部分，是前行的一种方式。当然，这只针对真诚的诗人而言。江离的诗歌，从我们日常生活中找出哲学的光辉，不在于知识输送，而是为了让诗歌能成为我们可以依靠的文字。读江离的诗，我们可以活得更明白、更从容。

蒋志武

湖南冷水江市人。青年诗人，中国作协会员。有诗歌刊发于《诗刊》《人民文学》等多种刊物。入选《扬子江评论》2018 年度文学排行榜及多个年度诗歌选本。曾获深圳青年文学奖、广东有为文学奖、第十一届闻一多诗歌奖（提名奖）等多种奖项。2016 年参加江苏作协《钟山》第三届全国青年作家笔会。出版诗集《门庭的上方》等四部。

蒋志武诗三首

心花怒放入门

一个我，一个提着行李箱出门的我
一个在火车站撞见了初恋情人的我
在冬季的河床上，捉到了白蝴蝶的我
又将它放生到了另外可以自由飞翔
在花朵上自由取食的地方

情爱只有恰到好处或者微微入迷的火候
春天的花朵才会开出来，对谁抒情？
抒情只是一个诱饵
门，供给愿意低头的人享用
心，让世界多了一些虚无和迷宫
我常在人心之中走向低落的下坡

不要玩弄别人内心深处的东西
安置一个人的余生需要一张更大的门

只有哭泣时，悲伤才在我们的内心里

依靠着，冬天的鱼进入另一个水域
树丫的末端，连接着自身的倒影
铺有暗黑底色的窗帘看上去更清淡
这适合于人的感官，我手上的春鸟
像鸡一样美丽和警醒

孤独将人带到生活的现场，一个高声歌唱的人
甩落了身上很多的落叶，我眷念炉火
戏弄水边鹦鹉，当太阳亲吻悬崖上巨石
最后会看到一块石头滚落，在死亡中
冬至，小寒，我的怀抱里，忧伤列队经过
不要小看一个哭泣的人
他会像孩子一样新鲜和迷人

当我再次吐出一条路的时候，春天就到了
光融化，水翻滚，而我生活的地方
大片神秘的土地长出绿芽来
我计划在这一年，杀死一条毒蛇
并重新研究水土和时间，研究一个悲伤的人
他内心里的多种死法

白色孔雀

各种颜色的孔雀在园里嬉闹，追逐
我第一眼就看上了白孔雀
它在园子的一角，尾巴搭在一块石头上
身上羽毛没有展开，像一块被人托起的白色绒布
只有头上竖起的几根羽毛泛着光
这是一种暗示和风度

当白孔雀将完整的羽毛留在身上
并在它骄傲的时候打开细密的羽毛
我试图还原孔雀被包裹的肉身具有何种颜色
一种东西如果持续被掩盖，就可能成为
伪艺术品，我已期待在人生中
看一次白色孔雀正确的开屏方式

如果一切都变成虚无，那么一切都是重复
万物假设以被修饰的状态出现
在孔雀园，这些翠绿、青蓝、紫褐的孔雀
成长的迹象就会被辨识，而这只白色孔雀
简单的白色勾起了我对颜色的欲望
白色，或许就是我终生的玫瑰
和奔腾的尘埃

蒋志武　在所见中凝视自己

蒋志武一直在寻找，在眼前的世界里寻找自己的身影。他相信，他是独立的存在，拥有全部的自己。同时，他的一切又可以在万物众生中找到印迹。诗歌，是他在个体与世界间构筑的桥梁。他诗歌的“返乡”，是在清晰自身的坐标，又在追寻那个最确切的自己。他的注视由心灵出发，而写诗则从尘世返回内心。在他的许多诗里，抒情气质醒目，但意在对世界对人生及物性的热爱和充满情感的思索。

所有的情绪和感觉，不再是为了表达或亢奋性的宣泄，而是试图以不同的方式和状态来面对世界，营建“真我”。蒋志武的诗歌，确实以想象为我们打开了世界，但他的用意在于发现自己内心的秘密，显现个体与世界的种种微妙关系。

《心花怒放入门》，诗人可以出门远行，可以捉放蝴蝶，但遇见初恋情人，勇敢和智慧都坠入苍白。我们都有狂妄和不可一世的某个瞬间，当然有些人一生一世都如此，然而我们到底能了解世界多少，又能在多大程度上知他者心？走入自己的内心，需要自我的诚实和勇气，但要走进他人心中，一切似乎都无效的。这首诗，表面上的书写很精确，“我”也深谙世事人心。可是，“我”以及我们，都只能在门外茫然。不同的是，有些人终生茫然，有些人在片刻茫然之后傲慢而去；有些人在这茫然中渐渐省悟。显然，蒋志武属于后者。

《只有哭泣时，悲伤才在我们的内心里》，不懂悲伤的人，没有过悲伤的人，生命中总会缺乏几份力量。“不要小看一个哭泣的人 / 他会像孩子一样新鲜和迷人”，在如冬天一样冷酷和绝望之时，这样的哭泣，是生命的本真；有了这样的哭泣，来年春天不会再害怕细雨纷飞。在萧条的冬天，一切只是在休眠。在这首诗里，我们看到诗人内心的丰富与炽热。

《白色孔雀》，在花枝招展的孔雀群里，白色孔雀属于异数，恰如一片空白，蒋志武从中看到了“虚无”。把具象看成“虚无”，需要宽阔的心灵，从“虚无”中看到丰实，则需要超凡的心智和人生体悟。蒋志武试图从空空的白色中，看出人生和世界的本色。一切都将归于白色的苍茫，幻象遁去，真实才会迎面而来。

蒋志武自觉消除与世界的距离，将自身化入世界之后，从世界的角度凝视自己。他与世界，就这样既浑然一体，又自独善其身。他与世界面对面，不是对立，而是对视。在蒋志武的诗歌里，如此的相向而对，互换角色，是一大特色。比如焦虑与舒缓、激烈与平和等，归根结底是此岸与彼岸的关系。在蒋志武看来，哪处是彼岸，哪处是此岸，取决于站在哪一处。如此，蒋志武的诗歌离我们很远也很近。

李不嫁
男性公民，60 后湘人，现居长沙。曾任潇湘晨报值班主任，湖南省委宣传部新闻阅评员，中南大学文新院兼职教授。赋闲写作。

李 不 嫁 诗 三 首

动乱时期的爱情

从大海里取出一个漩涡
犹如从树身上剜掉一块伤疤
会长出更大的疤痕
我再不愿让盐分很浓的海水
灼痛早年的经历，波涛有蚀骨之力
将礁石最后也化为砂砾
当徐敬亚先生
在海南的椰风吹拂里
询问我监狱生活的细节，我羞于提及
当年瘦小的前妻身怀六甲

像一只企鹅，摇摇摆摆去探监
那份爱像微型炸弹，深植我心脏：只有她能将我打败！

2018 年 1 月 28 日

过文昌宋氏祖居

阳光如鞭击，在海南
凡生命都得铆足了劲儿生长
水稻在一年里要播种三季
香蕉和火龙果，来不及吐完花蕊
就挂出了层层果实
果农们不等成熟
就开始采摘，运往内地。儿女们也是
来不及读完初中就急于婚嫁
热带季风气候加上雨水
催促活着的人迅疾地开花
丰硕地结果：祖籍文昌的宋氏三姐妹
当年如金孔雀一夜长大
将一个国家，嫁给了孔祥熙、孙中山和蒋介石

2018 年 1 月 13 日

结冰的时候

结冰的时候，岳麓山上的树
幻化成玉树琼枝
我们来到湖南大学，从东方红广场
巨大的毛主席铜像背面
一步步上山。冰凌有特殊的能力
把残枝败叶加工成水晶
在半山腰，
蔡锷和黄兴
以及武昌首义的蒋翊武
他们的墓上覆满施华洛世奇水晶
死去的人，好像因冰冻而抱得更紧
挂满枝头的枫球，叮叮叮叮，像一副副夹鼻眼镜

2018 年 1 月 15 日

李不嫁　刀锋上的光有些冷

李不嫁与现实保持一种极为特殊的关系，携带历史的沧桑与明暗，孤傲地对视、无章法地厮打，但尊严与责任感一直在场。他的诗歌有一种偏执性和抗拒性的审美，无论叙事方法还是对待世界的态度，都极度张扬令我们陌生的个性。这样的陌生，其实是我们丢失的那份真诚与坚守。一切并非虚无，一切也并非孤独地存在。李不嫁的诗歌信守生命和精神的连续性，历史并不是过去，而始终与行走的步伐和跳动的心在一起。

态度，是李不嫁持续彰显的诗歌意识。决裂、疼痛、温暖，抑或认可某些归隐，他从不回避，但也并非为了态度而态度，而是从当下现实或存在中辨识灵魂的向度。

《动乱时期的爱情》，过去的磨难，其实终究无法从生命中消失。回首身后的荆棘，苦难除了书写坚韧，更会让痛更加痛。爱和爱情，都具有藐视一切的力量。这首诗在写爱情，更在写诗人的坚定与不可战胜。爱情，可以打败诗人，但爱情是属于自己的。言下之意，诗人从未被外界击倒。

《过文昌宋氏祖居》，读这首诗，首先想到的是“催熟”一词。走过一行行诗，才发现，催熟只是一种假象，一方水土养一方人，在海南的气候下，万物也是自然生长的。特殊的人文地理，让一切的生长在速度上有些领先，并具与众不同的品质。写景观、写故人，这首诗有难得的独特之处。

《结冰的时候》，寒冬里，万物肃静，冰是水的另一种存在。“冰凌有特殊的能力 / 把残枝败叶加工成水晶”，这诗句里有着特殊的寓意，与时间无关。看似是死去的沉默，但映出另一个世界，与当下的世界互为比对，也在注视此时的活着。“挂满枝头的枫球，叮叮叮叮，像一副副夹鼻眼镜”，这眼镜是历史的，也是现在的，更应常在我们的灵魂里。

李不嫁保持“我”的一贯性和真实性，诗的风骨招摇而又亲切。他的诗里总有“愤与怒”，或狂放，或隐隐如呼吸。这些“愤与怒”不是刀枪，不是芒刺，更没有张牙舞爪，而是理性与良知之下的真切生命。写不写诗，李不嫁都有诗意之魂。在瞬息万变的今天，他坚定某些不变，比如诗风，比如诗中“我”的独立与完整。李不嫁抱守纯粹，纯粹的诗，纯粹的诗人，纯粹的人。这般的纯粹，只属于他，拒绝诸多的干扰。

李皓

1970 年 8 月生于辽南，东北师范大学文学硕士，文学创作一级。中学时代开始发表诗歌。2010 年 12 月始任老牌文学期刊《海燕》主编。已在《人民日报》《人民文学》《诗刊》等各种报刊发表大量文学作品，诗歌、散文曾被《诗选刊》《青年文摘》等转载，数十次入选各种年选，曾获冰心散文奖、辽宁文学奖等，著有散文集《雨水抵达故乡》和诗集《击木而歌》等。现为辽宁省作家协会全委会委员兼诗歌委员会秘书长。

李 皓 诗 三 首

拔 萝 卜

没有一根萝卜可以全身而退
当萝卜被拔出来的时候，或多或少
都有一些不明就里的泥
吸附在萝卜的肌体之上，泥们
常常把萝卜的根须，当作了最后的稻草

泥是卑微的，它供养了萝卜
却对萝卜的小恩小惠永志不忘
当萝卜离开土地的时候

萝卜就成了一尊泥菩萨
这时的萝卜，不过是更多的泥

萝卜被更大的萝卜带了出来
先前的泥，就显得无足轻重，可有可无
这是不公平的，没被带出的泥
在田野里窃喜，作为土地的一部分
它更有资格与化为尘埃的泥，较劲

被拔出来的萝卜，多半烂在人的肚子里
没被拔出来的，有时候干脆烂在地里
与那些定力十足的泥，在春天里重逢
相克相生，互为表里，订立攻守同盟
我们将萝卜拔出来，也为自己挖了一个坑

再大的雪也不过是虚张声势

那些虚幻的事物，譬如雪
在坦坦荡荡的春天面前
终究无法坐实，一场接着一场的
春梦，言不由衷或词不达意
像虚头滑脑的鲇鱼，了无痕迹
再大的雪也不过是虚张声势

不是所有喜欢雪的人，笑声
都那么卑微，被粉饰的刀柄
呈现出太平的利刃，而我有妇人之仁
自始至终不相信一语成谶，不相信
雪，其实是用来藏污纳垢的
在尘世，没有一枚雪花是清白的

没必要大张旗鼓，让雪花从积雪里抽身
顶多有一把辛酸泪，有隐忍之美
大路朝天，沟壑自觉放低了身段
鲜花退出了名利与粪土的纷争
恶语相向的鸡鸣和狗盗沆瀣一气
那些貌似明亮的东西其实是一个污点

相信直觉吧，你一再容忍的北风
它撕破脸皮总有自己的道理
它吹着欢快的口哨，并不代表它的心思
没有怨怼和记恨，当它被东风取代
当雪花零落成泥，无论你怎么哀号
决裂，是你我这个冬天再好不过的游戏

高铁站里的麻雀

在冬日的早晨，阳光
意味着美好，或者更加美好

这是毋庸置疑的，就像
一只麻雀误入了高铁站
在那些归心似箭的人面前，翻飞
它比任何一个旅客都像归人
比任何疾驰的思绪，都像
箭镞。它一定是顺从了
阳光的召唤，先于早起的人
抵达动车组的另一端
早上面向东方，黄昏迎向西方
麻雀的心里没有暗夜
飞啊飞啊，远方的花就开了
这突然的一箭正中下怀
高铁站里每一个别离的眼神
都带不走心无旁骛的过客
这模糊的身影，一如

神祇的提问，良知的预言
秘不示人，又路人皆知

李皓　**随遇而安之中的不安**

李皓的诗歌疆域相当辽阔，生活中或明或隐的遭遇，皆可成诗，叙事手法因势而行，循情而动。读他的诗，总会想起东北那片黑土地。无论四季如何变幻，或激情如潮，或苍茫如雪，大地里的温暖一直在；强劲的生命力和无限的可能，一直在。即使冰冻三尺五尺，李皓也能轻易破冰捕出活鱼。诗意就在他的心里，随时等待一触而发。以诗心呈现日常生活的诗意，与人生中的一切或握手言欢，或针锋相对，或凿出一条通道。李皓做得随性，但极具深度。

不受困，不被挟持，豪放之中有细腻，尖锐之时有温情。李皓总是坚实地立于大地，保持步伐的沉稳，又与大地进行灵魂上的沟通。

《拔萝卜》，从地里生出的萝卜，再回到地里时，当然不再是萝卜。那些一直在大地怀里的泥土，其实也在不断变化，因为万物终将要回来，重新成为泥土的一部分。“我们将萝卜拔出来，也为自己挖了一个坑”，索取，总是要还的；伤害他人，就是在伤害自己。当然，这首诗，远不止如此的含意。

《再大的雪也不过是虚张声势》，虚张声势的，远不止大雪。看似洁白，其实污浊满身，更非雪所独有。而对人生中的大雪，我们所有的抗争常常徒劳，但这并不妨碍我们的雄心和壮举。可以冲锋拼杀，或以抽身而去，唯独不能臣服。

《高铁站里的麻雀》，误飞的麻雀，有目标出行的旅客，都只是高铁站里的过客。各自的心思大同小异，都想尽快脱离这一状态。麻雀在迷失中飞翔，人们在清醒中沉睡。一切都有宿命，我们也早得到启示，但从不坚信。同在路途的一个节点，身影如流，但彼此间竟然是巨大的陌生，每个人只关注自己的行程和终点。

肉身可以安于现状，可以麻木，然而灵魂不能藏于一隅或装睡。诗是李皓生活形影不离的伙伴，也是另一个李皓。也可以说，诗在他的心魂中，在生活中，他的肉身左拥右抱。胆识与诗意，相互交融，只为诗力有效出击的最大可能。作为诗人的李皓一直处于醒着的状态，激情没有白天与夜晚。他的诗歌有着个性化的生长，主题与形式，富于变化，实践“一切皆有可能”的写作，但从来都是与大地血脉相连。

李少君

1967 年生，湖南湘乡人，1989 年毕业于武汉大学新闻系，主要著作有《自然集》《草根集》《海天集》《应该对春天有所表示》等，被誉为“自然诗人”。曾任《天涯》杂志主编，海南省文联副主席，现为《诗刊》主编，一级作家。

李 少 君 诗 三 首

傍晚

傍晚，吃饭了
我出去喊仍在林子里散步的老父亲

夜色正一点一点地渗透
黑暗如墨汁在宣纸上蔓延
我每喊一声，夜色就被推开推远一点点
喊声一停，夜色又聚集围拢了过来

我喊父亲的声音
在林子里久久回响

又在风中如波纹般荡漾开来

父亲的应答声
使夜色明亮了一下

抒怀

树下，我们谈起各自的理想
你说你要为山立传，为水写史

我呢，只想拍一套云的写真集
画一幅窗口的风景画
　　（间以一两声鸟鸣）
以及一帧家中小女的素描

当然，她一定要站在院子里的木瓜树下

西山如隐

寒冬如期而至，风霜沾染衣裳
清冷的疏影勾勒山之肃静轮廓
万物无所事事，也无所期盼

我亦如此，每日里宅在家中
饮茶读诗，也没别的消遣
看三两小雀在窗外枯枝上跳跃
但我啊，从来就安于现状
也从不担心被世间忽略存在感

偶尔，我也暗藏一丁点小秘密
比如，若可选择，我愿意成为西山
这个北京冬天里最清静无为的隐修士
端坐一方，静候每一位前来探访的友人
让他们感到冒着风寒专程赶来是值得的

李少君　**作为诗人的背景**

李少君有一首诗题为《我是有背景的人》，是的，每位诗人都有背景，每个人都有背景。

在微信中请李少君自选三首诗时，我的文字刚发出，他的文字就从微信背后跳了出来，《傍晚》《抒怀》《西山如隐》。是的，没有考虑的时间，如同本能的反应。《傍晚》——《抒怀》——《西山如隐》，这时候，李少君是这三首诗的背景，而李少君的背景又在这三首诗里。诗与诗人互为背景，这本就是一个巨大的隐喻。

读李少君的诗，常常会以为在观摩一幅幅中国画，时而工笔精绘，时而写意飞翔。他以文字映射一个个画面，便有了意味，诗就成了“有意味的诗”。个性化的画面感，营建了个性化的情境，继而形成富有质地的意境，诗意自然荡漾开来。这样的诗，如果读者积极进入其中，主动地阅读，便能读出美，悟出某些哲思。传统性、本土文化性的深植，领受现代性的诗学，这应该是中国当代诗发展的主要路径。李少君正是这一位在坚守中不断前行的诗人，且不断地收获着。

《傍晚》——《抒怀》——《西山如隐》，仅标题就是一种生活状态，或人生意象。《傍晚》写下父辈，《抒怀》心中的亲情，这是我们身处的家庭以及日常。《西山如隐》则从一般性的态势中抽身而出，去想象或追寻人生的精神图景。换而言之，《傍晚》《抒怀》是日常生活的背景，《西山如隐》是印在灵魂深处的背景。

领受父辈的光亮，坚实日常化的生活，向往大隐尘世又洞悉人间隐秘的灵性世界。这是生活中的诗意，也是诗意中的人生。李少君在诗中营建自己的精神世界，并企望我们一同走进。

有一种好的诗人、优秀的诗人，常常艺术地掌控情绪，在寻常中隐伏深意。这样的诗人，需要我们去领悟；他们的诗作，需要我们身心的参与。换句话说，这样的诗人为我们提供了某种场景或情境，在向我们诉说，又在考验我们参与的真诚和阅读的感受力。

这样的诗人，真如一位参透人间的智者。坐在某个角落或如常人般走过我们身边，话不多，初听也无特别之深奥，只觉得隐隐有妙处。想悟其味，得入其境，用我情。

我以为，李少君就是这样的诗人。

李曙白

江苏如皋人。中国作家协会会员。1968 年起插队农村 8 年，1977 年参加“文革”后第一届高考，入读浙江大学化工系，毕业后留校至今，现已退休。20 世纪 70 年代开始文学创作，已出版诗集《穿过雨季》《大野》《夜行列车》《沉默与智慧》《临水报告厅》及其他著作多部。民刊《诗建设》杂志社社长。现居杭州。

李曙白诗三首

大泽

藏蜇龙之大泽
藏虫虬之大泽

清可濯目之大泽
浊可清心之大泽

我掬大泽之水
五千年的星辰
从指缝间滑落

空阶

追赶疾飞的芒草鞋
山道上面
留下半个世纪的喘息

独自立于石阶
一片树叶落地
为秋
再一片树叶落地
已是大雪满山

钟声

撞钟人在山顶
听钟人在山脚

时而悠远
时而凝滞
时而缥缈
时而庄严
听钟的人从钟声里
听出诸多玄机

云山雾海之中

撞钟的人

似睡非睡

李曙白　万物皆可参悟

李曙白确有“虚己应物”的诗心，悉心观照生活参详万物，从一路的体验和风景中挤出诗性的感悟。挤，是凝练，也是精神之力的锤打。在这一过程中，他呈坐禅悟道之势，人静风止，一切归于空灵。无论是时下的新生之象，还是从岁月深处而来的风物，他都将古典情怀与现代意味融为一体。李曙白的诗老到而大气，极简之中现乾坤之象。

李曙白的诗意，有他鲜明的个性，有他强大的气场，这是属于他的诗。但，这些诗仿佛一直在我们的心灵一隅，是那样熟悉。读李曙白的诗，总能顿悟。在旷野时，不会孤独；在人流中，不会迷失。

《大泽》，大泽，是大湖泊，是世界的象征；大泽，也是历史和文化之于我们的恩惠。大泽，是宽容的，容万物众生各显其性其情。我们都在大泽之中，也都可以泽润他人。“我掬大泽之水 / 五千年的星辰 / 从指缝间滑落”，水乃生命之本，也存储了时光与文明。这首诗的价值，在于诗人的想象，更在于诗人博大的胸怀，大气磅礴的抒发。

《空阶》，山道上的台阶，空，是常态。匆匆的脚步，或强或弱的喘息，以及岁月和阳光，都只是某个瞬间，在时间的长河里停留片刻。那片秋叶，在悲伤与寂寞中，感受轮回的召唤。读这首诗，会苍凉，但人生当下的丰富又油然而生。走在空空的台阶上，那些逝去的，再也看不见，但又一直在。如此，生命不只在当下，还有过去和未来。空空如也，又真切在手。

《钟声》，撞钟人似睡非睡，或有所思，或只是机械性地撞钟。听钟声的我们，会想到很多，但很少会想到撞钟人的无心无意之举。玄机，自然处处有，然而，我们时常会胡思乱想，故弄玄虚。这是一种禅意，更在隐喻人生。这钟声，让我们安静，也让我们重新审美那些喧嚣。

李曙白这位老诗人，走过的路很长，历经风霜雪雨，听到过太多太多的话，心中也有如海般的话语和体悟。有如此丰富的阅历和思考，李曙白却常以短诗展现。虽说好诗不在长短，长诗更具气魄，但真正难写的还是精短的好诗。李曙白的诗折射出一种哲学气质，多与少、长与短，都可“归一”。这是有关诗的哲学，也是人生哲学。

李小洛
1972 年生，陕西安康人。诗人，画家。著有诗集《偏爱》《孤独书》《七天》《偏与爱》散文集《两个字》书画集《水墨系》《旁观者》等。曾参加第 22 届青春诗会，获华文青年诗人奖、郭沫若诗歌奖等。被评为“新世纪十佳青年女诗人”“陕西百名青年文学艺术家”等。中国作协会员，首都师范大学第 3 届驻校诗人，陕西文学院签约作家，安康市文联副主席。

李小洛诗三首

省下我

省下我吃的蔬菜、粮食和水果
省下我用的书本、稿纸和笔墨
省下我穿的丝绸、我用的口红
香水
省下我拨打的电话、佩戴的首饰
省下我坐的车辆，让道路宽畅
省下我住的房子，收留父亲
省下我的恋爱，节省玫瑰和戒指
省下我的泪水，去浇灌麦子和中国

省下我对这个世界无休无止的索要和哀求吧

省下我对这个世界一切的罪罚和折磨
然后，请把我拿走
拿走一个多余的人，一个
这样多余地活着
多余地用着姓名的人

一只乌鸦在窗户上敲

一只乌鸦背着影子
在天上飞
没有人知道它引领的亡魂
那些影子
足以压垮一只乌鸦的重量
他们只知道
乌鸦的沉默

一只乌鸦在窗户上敲
它告诉那些睡在夜里的人
要看好自己的影子
不要让他们走夜路
也不要离开房间
离开灯盏太久

没有人理它
也没有人听它的
他们用树枝、石头驱赶它
他们把它叫作乌鸦

只有那些被上帝圈点过的影子
在最后的夕光里
抓住了它的羽毛
爬到了它的脊背上
这些过惯了享乐生活的人
他们要最后一次抓住享乐的翅膀
抓住乌鸦，飞着去天堂

而那只乌鸦
就背着他们往前飞
从沼泽、荒草上往前飞
没有人知道它最后要去哪里
没人知道它最后的巢穴在哪里
当初上帝在造它的时候
也没有考虑过其他的颜色
没有在后来分配工作的时候
发一张表格给它
想起来问一问它
一只乌鸦的理想是什么

所以，一只乌鸦的一生

就是命中注定的
就是一只乌鸦的一生啊

要原谅

有一天，你要原谅
中途离开、变卦说谎的人
原谅他们越来越少的出场
原谅他们所剩不多的虚荣和时间

原谅爱、纪律和荣誉
不确定的开始，确定的结局
原谅漂浮的命运，衰竭的神经
黄连和苦瓜，都要原谅

原谅我现在，还不能大声说话
这世间还有一些漫长的阴天和雨天
头上的神明，他们有时候一言不发
你也要原谅他们

原谅他们活着，或死去
原谅来得及，也原谅来不及
原谅燕子低飞，蝴蝶迁徙
池塘的水，就要干了
天空出现火烧的蘑菇

蚂蚁搬家，大雨将至

我们每个人，手里都有一条蛇、一匹马
一寸黄金、一寸好光阴
原谅大家都有一本书
植物学、动物学
一头皮毛光滑、眉骨高挑的小兽
原谅我的骨管里刮着听不见的肃杀之秋

李小洛　在低处，在云端

李小洛是极有态度的诗人，自我意识极强。在集体声音或模糊或失语的当下，她发出的声音，清晰、温婉，又有很强的穿透力。诗人的话语审美和精神高度固然重要，但首先要解决的是态度问题，看待世界的态度，与万物（包括人）相处的态度。对此，李小洛相当清醒，且是属于赋予行动并取得很好成绩的诗人中的一员。她认同个体生命的卑微与独立，对一切怀有尊重或敬畏之心。对自己，她多用减法，剔除自以为是或自以为重的想法，清洗灵魂上的尘土甚至是罪过。她立于低处，在阴影和灰烬里寻找自省，仰望众生，满怀宽容、慈善之心。正因为如此，内心空灵的她，可跃上云端。

《省下我》，诗人自认为是一个多余人的，世界可以忽略她。

当然，我们也可以认为诗人是在赎罪。换个角度看，她以另一种方式在向世界表达感恩。向粮食等物质感恩，向他人因自己而承受的折磨等感恩。这样的感恩，具体而广泛，虔诚而具主动性。

《一只乌鸦在窗户上敲》，世上万物生灵，都有各自存在的价值和权利。乌鸦，自然也是。想想，我们对乌鸦是多么的不了解，但又是多么想当然。我们不可轻易地相信自己的认知，要勇于承认对世界对他者的无知。更为重要的是，我们应该尊重众生的个性和行为方式，与之平等相处，而不是胡乱猜疑，或凭自己的喜好论之好与坏。

《要原谅》，所谓的原谅，其实是视他者为己，做一些真正的换位思考。说是我们要原谅别人，其实诗人是在提醒我们，在他人的眼里，我们也是那个“别人”。在这个意义上说，《要原谅》是对《一只乌鸦在窗户上敲》的进一步深入。

李小洛当过医生，对生命有着物质性的深刻理解，又有着情感性的真切体会。这样的理解和体会，是一般人难以抵达的。事实上，有着从医经历的文学大家，确有过人之处。李小洛又喜绘画，而且是中国传统的水墨画。清水玄墨，如世界本原；只以深浅之色和线条，便将世界呈现。这需要化繁为简，以简显繁。这些，在李小洛的诗里得到充分体现。

李小洛的诗是大度的、宽厚的，自成高格。当我们感到自己的低微时，精神便会升高；当我们内心少装些自己时，世界会更辽阔；当我们对一切怀有敬畏和感恩之心时，我们将能从容地飞翔。李小洛正是这样的诗人，这是我们需要的诗人。

李元胜
诗人、博物旅行家，重庆文学院专业作家，重庆市作协副主席，中国作协诗歌委员会委员。曾获鲁迅文学奖、诗刊年度诗人奖、人民文学奖、十月文学奖、重庆市科技进步二等奖。

李 元 胜 诗 三 首

秋风里的刻度

白纸，刚出生的婴儿
总是会让我微微眯眼——
未经世间涂抹的事物
仿佛某种强烈的光线
而墓碑，不管立于衰草还是鲜花中
更像是一本书的封底
仿佛意犹未尽，但是无从阅读
唯一确信的是，一切发生的
都在白纸上同时写下
世间以它的尺度，丈量着他
他也以自己的尺度，丈量着世间
我们的肉体免于无用
万物何曾不朽，只是秋风里的刻度

十年间

日月之久，勉强够我泡好一壶茶
勉强够我攀登一本陡峭的书
有时负薪而行，有时采药忘归
勉强够我忘记一个人
因为爱她，我对世界持有偏见
而要纠正这偏见，十年好像远远不够

还山

年轻时，遇到喜欢的山
我会带着它到处行走，带一座山
去拜访另一座山，像带着长江去拜访黄河

黄河有时云游未归，唯有河床
山有时也不在，留下我们在山门探头探脑
我们无所谓的，游兴不减

如今，当年的路只好重走一遍
一一把它们送回原处
中年辛苦，是有很多奇怪的债要还

李元胜　时光哲学的性灵之术

李元胜善于从日常生活寻找入口，开启平凡人生的奇妙旅程，在习以为常的场景里开拓意蕴，将复杂的体验质感化和直观化。他着力个人经验与集体意识的暗合，唤醒诗歌与岁月的双重力量，以一个人的内心生活建构时光哲学。他的诗有生活最普通的本色，像我们邻居那样亲近而自然，很好读，但要读透，又非易事。他对于时光的感悟和书写，既有大彻大悟之后的豁达，又能让我们更真实地感受时光的存在，那些逝去的、即将到来的，以及正在我生活里有生命的时光。李元胜以质朴的诗意和大象无形般的诗语，贡献了我们审美偏爱的品质诗歌。

我们生活在时光里，因为时光，才有了我们或急或缓、或悲或喜的人生。我们从时光中来，终将把一切还给时光。然而，有没有我们，时光的重量不会变，步伐不会变。《秋风里的刻度》自然是以忧伤为情感底色，一如秋风般悲凉。然而李元胜通晓时光的法则，将悲喜哀愁控制在一定法度内，从容地书写时光的本质。“一切发生的 / 都在白纸上同时写下”，总有一天，这白纸也会被时光化为乌有。我们无法看到时光在秋风里的刻度，但总能感觉到。

《十年间》是首爱情诗，但表达的是时间的长与短。泡一壶茶，需我十年的光阴，那把日子过成了如此缓慢，内心得有怎么样的淡定？用十年忘记了一个人，其实并没有忘，那“偏见”无从纠正，因为已与生命粘连在一起。人生短暂，漫长的是我们那份执念的行程。爱情在诗歌里，有着极为特殊的存在，好的诗歌，似乎大多与爱情有关。而以爱情的角度来品味时光，时光的哲学意义更为简明或深奥。

《还山》，禅意之诗。我在，时光才在；我不在，属于我的时光不在。中年人的还债，是一种释然，一份超脱。这债，或许是我们一路走来所丢失的初心。时光一如从前，时光从未变色，而我们的脚步让心头的时光像山一般沉重。在限量的时光里，中年人过去的时光和明天的时光，是对等的。哪些必须与往日的时光一起消失，哪些必须与明天一起前行？如此，还债的寓意就更加深刻。

李元胜的《我想和你虚度时光》，似乎比他本人名气更大，尽管他自步入诗坛一直风生水起，盛名远扬。表面上看，这同样是首爱情诗。其实，这首诗应该是李元胜“时光哲学”的内核。

名为虚度，其实是让时光有了我们的气息，有了我们的体温。他所写的虚度的内容，正是我们应该热爱的。李元胜执着于日常生活的普通时光，沉稳地书写细微生活的感知，这让他的诗歌有了另一种语境的宏大抒情和宏大叙事。李元胜和他的诗歌，都在我们日复一日的生活里。

梁平

诗人，现居成都。著有诗集、诗歌评论集、散文随笔集 15 卷。获第二届中华图书特别奖、巴蜀文艺奖金奖、中国作家郭沫若诗歌奖、十月文学奖、北京文学奖等。

梁 平 诗 三 首

盲点

面对万紫千红，
找不到我的那一款颜色。
有过形形色色的身份，只留下，
一张身份证。阅人无数，
好看不好看，有瓜葛没瓜葛，
男人女人或者不男不女的人，
都只能读一个脸谱。
我对自己的盲点不以为耻，
甚至希望发扬光大，
不辨是非、不分黑白、不明事理，
这样我才会真的我行我素，事不关己。

我知道自己还藏有一颗子弹，
担心哪一天子弹出膛，伤及无辜。
我对自己的盲点精心呵护，
如同呵护自己的眼睛。
我要把盲点绣成一朵花，人见人爱，
让世间所有的子弹生锈，
成为哑子。

隔空

很南的南方，
与西南构成一个死角。
我不喜欢北方，所以北方的雨雪与雾霾，
胡同与四合庭院，冰糖葫芦，
与我没有关系，没有惦记。
而珠江的三角，每个角都是死角，
都有悄然出生入死的感动。
就像蛰伏的海龟，在礁石的缝隙里与世隔绝，
深居简出。
我居然能够隔空看见这个死角，
与我的起承转合如此匹配，
水系饱满，草木欣荣。

无比

我经常使用这个程度副词，
省略前戏和后缀，节制过度的热烈，
它不孤独，语义能够抵达无限。
我的无限程度都是限量版，
唯一。在唯一里无限放大，
像夜里偷袭而来的梦，重复、极端，
与现实相距两颗星辰。
这几乎是无法丈量的距离，
比我知道的天涯和咫尺，更残忍。
始终不二。认定无比就是无比，
一条路走到黑，白也是黑，
黑得根深蒂固，一目了然。

梁平　且行且冷峻

梁平当是思考型的诗人，遍尝人间滋味，不断地反刍生活体验，尽可能降低外在的情绪温度，重于智性的表达。他写诗是一个炼钢的过程，把一切投入熔炉燃烧，冷却之后的钢，或尖锐，或坚硬。他的诗歌在沉稳的叙述之下，历史与现实交相辉映，洞察岁月隐形的存在，指认当下暗含的肌理。读梁平的诗歌，可以让我们停下匆忙的脚步，聆听灵魂的虚弱呼唤，苏醒沉睡已久的检省。

观风景，是梁平的姿势，也是一种态度。不去渲染，只是素描式的呈现。他笔下的景色是宁静的，无语的。这就像坐禅一样，外表平和，无任何心之迹象，而内在却大有乾坤。

《盲点》，这是心灵的盲点，失去自我，漠然世界，才能换取所谓的淡然。这首诗透露了诗人（其实是我们每个人）内心的紧张和难以压抑的冲动。“我要把盲点绣成一朵花，人见人爱，/ 让世间所有的子弹生锈，/ 成为哑子。”这其实是一首极具反讽意味的诗，也是一首试图惊醒世人麻木的诗。

《隔空》，空白之中是无尽的坚实，诗人与远方之间，充满人间的烟火。从现实生活的泥淖中抬起头眺望，这是对此时此地的不满，对远方的向往。不需要远行，只须让目光如灵魂一样飞翔，我们就可以忽略许多纠缠，与某些状态相隔，在虚无里得到丰实。

《无比》，诗人把心灵与现实进行有效的对接，彼此相通，互为对方。当我们拥有真实而独立的“我”，个体便可抵达宏大。只是在现实的挤压中，我们的孤独感更为强悍。我们无法拒绝现实，也无法装睡，挣扎，成为人生的常态。“一条路走到黑，白也是黑，/ 黑得根深蒂固，一目了然。”黑是永恒的，然而黑又是无限的。

沉重与痛感，是梁平诗歌的重要内容。而有关人生的哲理，正是在这样的缝隙里闪光，一种泛着冷色的光。就像从熔炉回到人间的一块铁，曾经的都已凝固，但从不会消失。

梁平的诗歌多是朴实的，又是隐忍而极富内涵的，这与生活具有同样的品性。如此，他是在以生活为材料铸造不显张扬的力量。阅读他的诗，让我们意识到，作为优秀的诗人，才华、体验很重要，但知识与使命感，同样极为需要。

林雪

现居沈阳。一级作家，辽宁省作协副主席。1988 年参加诗刊社第 8 届青春诗会。2006 年获《诗刊》新世纪全国十佳青年女诗人奖，诗集《大地葵花》获第四届鲁迅文学奖。出版诗集《淡蓝色的星》《蓝色钟情》等数种。随笔集《深水下的火焰》、诗歌鉴赏集《我还是喜欢爱情》等。作品获《星星》年度诗人奖、中国出版集团奖、中国百年最具影响力诗人等。

林 雪 诗 三 首

一只鹳赤裸着站在我头颅里

一只鹳赤裸着站在我头颅里
啄着我生活中的第一条裂痕
这一生，这身体中
渐渐老去的房子
已倦于修缮——不是放弃
而是要你从中提炼出灵魂
从手里那缺失年份里的
一捧温热的灰中——时间啊！
你为何总是抹去过失？

为何总是深藏起爱意？
在那秘密的天穹下
她独自兀立，打磨她心怡的词
那阴谋丛生的河岸
每颗沙粒的额上
都印着一页迷失的指南
每朵泡沫里都包裹着
一颗何以称重的心

在徒劳中重复，在无望中
希冀。除了化蝶，百无一用的
蝴蝶，或因为被刻进琥珀
而永恒的昆虫
你选择什么？怎样选择？
或是爆发、或是否定
自己的力量？这虚空之地
满溢之地，我仍要为你写下
这些质疑大于确认的诗
风儿掀动原野。这些身体里
棉质的稿纸、丝绸和绒布的稿纸
再也遮不住伤口和秘密
在苍穹和大地的引力之间
你要把这些用斜体
写出的诗种在哪里？你要把
这些混合着爱和愤怒的诗
种在哪里？

蝴蝶被天空的刨床冲成刨花
而下一个就是你
你的收件人——世界啊！
不必再像母亲般蒙羞
不必再像牢房般沉睡
一只鹳赤裸着站在我头颅里
在那些囚禁与自我囚禁者的
衣襟里，自由像珍贵的油
像玉米、甜菜和大豆
正因为压榨才一天天浸出
一天天丰富

为此欢呼吧！轻轻拍打那些
大地之棉。那些丝，那些绒布
在未知的风暴中有一粒灰尘
在经纬间悄然粘立
那一代代曾经又消逝的爱
像弥留之际那样凄美
又像垂暮之时那么纯情

（2012 年 07 月 02 日初稿
2012 年 11 月 9 日修改
2012 年 12 月 27 日再改于中国沈阳）

老电车谣

北干线从龙凤站向西一路下坡
她拖着被切割的青山
拖着被剖开的煤层和丰收的农业
拖着剩下的河水
拖着虫祸、旱涝的天气
拖着爱恋和分离的街景
拖着灾难或歉收的年份
拖着死去的和通过出生轮回的人
她拖着这些你讲述的
被骡马反刍
山谷排列的巨型储油罐
被树木掩没。白杨树的铭文
已经刻在天空——
小电车啊小电车不想读懂
它是一个郊区长大的喝醉了的绿男孩
一路摇摇晃晃摇摇晃晃
她还拖着被夏天贴紧的莫地的小山
拖着你讲起老套的生活故事
那些浮光那些掠影
说：唯有讲述才能遗忘

2015 年 6 月 25 日初稿

2016 年 4 月 25 日修改

北干线以北

四条电车路轨围绕着山城打转
她有健壮的大胃！
她每天吞进光线、吞进风
正派而拘谨的农妇从郊区站上车
七十年代末的中学教师气质严肃
旅客中夹杂着流氓、混混
村民在南北干线两端收葡萄和蜂蜜
在新城下车的是新兴的工人阶级

我多爱那些倒坐着去向终点的女孩子
她们嘻嘻哈哈拉住手环让自己站稳
远处的铁轨似乎要并在一起
多像她们纯洁的双腿走路习惯了内八字
那时她们还都是处女
而十年后她们之中有的人
因为贫穷而敞开在电车的阴影里

我爱那些作品发表在油印杂志上的诗人
爱那沉默的黑板报写手身上的小普罗趣味
如今，你看见多少亚洲落难的气息
你在资本手中转卖
一个干线的坡道与一个城市的隐喻
当黄昏星为照亮屈辱升得更高
请升得再高些！那帝国一样的颓废
再多些！那斜阳一样的忧伤

仿佛路过的每个人都曾是你的命运

又仿佛你的人生曾到处开放在别人身上

2015 年 6 月 27 日初稿

2016 年 4 月 25 日修改

林雪　为人间拂尘

“看见”，是林雪诗歌至关重要的关键词。看见我们习以为常之中的震撼或刺心，看见那些被我们忽略的场景，看见浮世里的苦痛与悲情。林雪的视角具有多重性，呈现全方位的洞察，总能“看”在眼里“见”于思考和呼叫。作为目击者，林雪并非旁观，而是身心俱在现场，看见了别人，也看见了自己。在她的目光和词语里，忧伤常常是主角。难能可贵之处在于，林雪的忧伤，是对众生的悲悯，为时代号脉，指证痛楚和茫然。

林雪是位主动介入现实的诗人，清醒地拂去那些虚浮之尘埃，拷问生存与境遇。之于她，这一切的前提是先自问和反省，自我清洁灵魂。

《一只鹳赤裸着站在我头颅里》，这首诗写尽了人的纠结与迷茫，快乐与痛苦、希望与绝望、幻想与现实。人无法逃脱，只能在夹缝中前行。徒劳，是终极命运，而人生又在这徒劳中寻求价值和意义。一只赤裸的鹳，没有翅膀，飞翔不了，况且还在“我的头颅”里。你与我，生命与时光，人与世界，就是这样互为囚徒。

《老电车谣》，这是书写老电车，也是在描述我们。老电车讲述的过去的故事，其实是小电车即将开始的故事，历史会不断地重演，而人生则是一次又一次的再现。画面和情节会变化，但其中的爱恨情仇、酸甜苦辣以及种种的无奈与绝望，从未改变过。

《北干线以北》，电车路轨的线条，优美而浪漫，怀旧中鲜活当下人生，这是许多摄影者和写作者的至爱。林雪看见的则是那些为生命奔波的人，人生路上的劳累与艰辛。这是人们常说的“底层生活”，而在林雪的眼里，她本人就在其中。“那斜阳一样的忧伤 / 仿佛路过的每个人都曾是你的命运 / 又仿佛你的人生曾到处开放在别人身上”，这是对每个人说的，又是诗人的自言自语。

林雪把风花雪月搁在一旁，把写诗作为一种担当，坦白灵魂的颤抖，如实地状写生存图景，让撕裂声真实地传达。对她而言，良知远比诗意重要。她看到了人生的悲剧性，但没有因此而消沉，反而使诗更具力量。这样的力量，带着生命的体温，既尖锐又厚重，充满坚韧。如此，林雪的诗，既帮助我们扫除心灵上的灰尘，又在清除我们视线里的雾霾。多读这样的诗，我们能看清生活的本质和生存的明暗，能看到更多的阳光。

刘立云

1954 年 12 月生于江西省宁冈县（现为井冈山市）。曾任《解放军文艺》主编，《诗刊》主编助理（特邀）。出版诗集《红色沼泽》《黑罂粟》《沿火焰上升》，长篇纪实小说《瞳人》等 20 余部。曾获《萌芽》《诗刊》《人民文学》《十月》年度优秀作品奖、闻一多诗歌奖、全军文学新作品特殊贡献奖、中国人民解放军图书奖。诗集《烤蓝》获第五届鲁迅文学奖。

刘立云诗三首

内心呈现：剑

我要让一个身穿白袍的人
住在我的身体里
我要让他怀剑，如天空怀着日月
大地怀着青山和江河
如果我豪气逼人，在旷野上
大步行走，那么请原谅
这是住在我身体里的那个
身穿白袍的人，在行走
是他身怀的剑在行走

住在我的身体里
那个怀剑的人，是个简单的人
从容的人，徒步的人
白衣飘飘，身背芒刺和积雪
他须发丛生的脸颊
习以为常的沉默和坚忍
让他怀着的剑
藏得更深，如初孕的母亲藏着胎儿
谁都知道血是滚烫的
不容打破缺口，不容挥霍
而他的剑却渴望豪饮
必须按住它的杀机！

但那个身穿白袍的人
那个怀剑的人，住在我的身体里
我和他，我们一生的努力
一生的隐忍和等待
就是护卫这把剑的光芒
让它灵醒的，如霜如雪的锋刃
在静夜，时刻呜咽和颤动
毕竟天性难违啊
一把剑，当你从怀里拔出来
如果不能削铁如泥
不能像江河那样发出咆哮
请问，那还是剑吗？

在祖国的大地上行走

我很高兴一个怀剑的人
能住在我的身体里
我很高兴能成为这个人和这把剑
共同的知己，和共同的鞘
我很高兴，当我最外面的皮肤
被另一把剑戳穿
那股金子般的血，将溅红
我身体里的那件白袍

玻璃

现在我是一块玻璃：安静，薄凉
保持四季的恒温
阳光照过来我把它全部的热情
奉送给窗台上的植物，书架上的书籍
花瓶，从远方带回来的泥塑
和阳光中飞翔的尘埃
雨水打过来，我让它止于奔腾并成为静静流淌的
溪流，泪痕，这个时代的抒情诗

我就是一块玻璃，在你的眼里
视若无物，因为我是透明的，约等于虚无
空幻，哲学中的静止或不存在

这是我的精心布局。在你的视线之外

意识之外。现在我磨刀、擦枪
每天黎明闻鸡起舞
在奔跑中把一截圆木扛过来
扛过去，如同西西弗斯每天把那块巨石
嗨哟嗨哟往山上推，又轰隆轰隆
看着它从山上滚下来
然后我傻子一样再推，再推，再推

是这样，我在你的视线之外，意识
之外。我希望对你来说
我是不存在的，就像阳光穿过玻璃
让雨水和风雪，在我面前望而止步

当我破碎，当我四分五裂，你知道
我的每个角，每个断面
都是尖锐和锋利的，都能刺出血来

河流的第三条岸

他们那边叫阿穆尔河，我们这边叫黑龙江
我知道它还有第三个名字
叫墨河，隐藏着河流的第三条岸

那时我正站在江中心的古城岛，眺望雅克萨
河水寂寂流淌，像认出了我的亲人

放慢了脚步
它肯定看见我内心凄楚，眼里含着一大滴泪

现在，我应该对你说出这条河的容颜
它是黑色的，不是浓烈的黑
轻描淡写的黑，而是静水深流的那种黑
仿佛携带着某种暗物质，让它不堪重负

那样的一种黑，我能找到的比喻是：一方
水墨，它留下的白
有如铁被磨亮之后，隐居在自己的光芒中

刘立云　**身体里住着一个怀剑的人**

刘立云可以称为“怀剑诗人”，身体里住着的那位怀剑的人，是另一个他，或者说，是他的灵魂。这把剑，是诗人之剑，也是军人之剑。名为“军旅诗人”的刘立云没有慷慨激昂地喊口令，而是将诗人的细腻、飘逸以及源于生命的真实情感融入其军旅体验，气势磅礴又能揽情绪的千回百转。他以诗的方式很好地阐释了“剑胆琴心”，让豪迈首先源于心灵和精神，而后才浸入词语。在诗与现实之中，刘立云以自我的方式建立起与生命息息相关的联系，而“剑”成为重要的意象和叙事势能。如此，他不是以军旅意识在写诗，而是以军旅情怀以及潜于我们内心的普遍性的血性实践人—军人—诗人的使命。

《内心呈现：剑》，这首诗可以看作是诗人刘立云的真诚宣言。

守护剑的光芒，就是在守护一种尊严和责任。剑不出鞘，是护卫、待命，也是隐忍。这是军人形象的最好诠释，也当是我们活在人间的标杆。有剑之人，有大爱，也有不可侵犯的决绝。

《玻璃》，透明的身躯，可容万物；是一面镜子，可映出世界，也可以明亮阳光。玻璃，有水一般的温厚润泽和低调的力量。然后一旦破碎，“每个角，每个断面 / 都是尖锐和锋利的，都能刺出血来”，这是玻璃暗藏的机锋，也是悲怆之后的绝地反击。其实，这是一首有关做人处世的诗。

《河流的第三条岸》，暗示或暗喻，也是这首诗的第三条岸。好的诗歌，就是这样，你读懂了，但又无法确切地言说或挑开那层面纱。这是我们情感的黑暗部分，因为这样的黑暗，我们摆脱不了沉重；也因为这样的黑暗，有一种力量我们在内心积聚。

刘立云写诗总能远离无生命感的动机和技术，而是甘愿做情怀的信徒，写，是释放，释放心灵的澎湃和精神特质的锋芒。之于刘立云，可以有许多比喻，比如佩剑走天涯，手一直按在剑柄上，掌心里有心的跳动和血液的温度；比如立于一老屋前，剑在怀中，像婴儿似情侣；比如怒拔剑，剑气灼人；比如桃花下舞剑，阳刚与阴柔化作太阳雨，等等。是的，他一直与剑在一起，剑在手，在心，也在一首首诗里。剑是由人铸造的，而诗人刘立云是与生俱来的。

刘年
本名刘代福，1974 年生，湘西永顺人。喜欢落日、荒原和雪。
主张诗人应当站在弱者一方。出版有诗集《为何生命苍凉如水》《行吟者》，散文集《独坐菩萨岩》。

刘 年 诗 三 首

黄河颂

源头的庙里，只有一个喇嘛
每次捡牛粪，都会搂起袈裟，赤脚蹚过黄河

低头饮水的牦牛
角，一致指向巴颜喀拉雪山

星宿海的藏女，有时，会舀起鱼；有时，会舀起一些星星
鱼倒回水里，星星装进木桶，背回帐篷

悲歌

为什么悲伤如此巨大？为什么欢愉如此短暂？
为什么，我如此眷恋生命？
应该如何向你描述我的远方？
佝偻在土地上的人，天边的北斗七星，是永远拉不直的问号

王村

过些年，我会回到王村的后山
种一厢辣椒，一厢浆果，一厢韭菜
喜欢土地的诚实，锄头的简单，四季的守信
累了，就去石崖上坐一坐
那里可以看到深青的酉水

我会迎风流泪
有时候，是因为吃了生椒
有时候，是因为看久了落日
有一次，是因为看到你，提着拉杆箱
下了船，在码头上问路

刘年　种子，或者果实

刘年善于“浓缩式”的写作，将生活中的繁杂进行有效的剔除和挤压，让词语在特定情境中自我生长力量。他的诗歌动作性强，简洁画面里聚焦意象，表达丰富，呈现紧致而饱满的景象，具有山一般的厚实，潭水一样的幽深。读他的诗，如同体味一粒种子的内在生命力和想象力，又似拥有一枚果实，每剥开一层，都能感受其富有感染力的内蕴。

《黄河颂》这首诗，一连串的动词，源于诗人生命体验之后的灵动。而那些人和物，各有其明示和隐喻，既是种子又是果实。这些人间写实性的场景，朴素，充满生活气息，然而又有某种神性和神秘忽隐忽现。这是黄河的源头，物质和精神俱在。溯流而上，便是如此。黄河正是带着这人与自然、人性与神性一路行走，流过山川大地，滋润天下万物和人间沧桑。一首没说黄河，没直接言颂的《黄河颂》，写出了黄河的神韵，是真正意义上的颂。

《悲歌》，以极短的叙述，直击悲伤的本质。人世的种种悲伤，没有来由，没有尽头。我们无从追问，无法消解，是一首永世传唱的歌。

《王村》中的王村，其实就在我们灵魂深处，这是一座村庄，更是心灵之乡。“过些年，我会回到王村的后山”，诗人从杂乱的生活回到内心，平缓那些因追逐而来的焦虑。“有一次，是因为看到你，提着拉杆箱/下了船，在码头上问路”，这不是一个人的向往，不是孤独的远离，“你”到来，既是诗人迎来了自己的朋友，也是对众生的呼唤。

刘年的诗歌，如同扎根于本土的树。根须伸向大地深处，汲取中国文化特有的营养，着力于古典的词性和意境。枝叶在天空铺展，沐浴现代意识，注重在生活中强化现代性的体验。

刘年的诗歌写作，给我们一个启示。这就是我们如何在当下的生活和精神世界里，尊重与我们生命同在并左右我们思维的词语？这是一个有关诗歌创作的命题，更是有关人生的命题。诗是与现实的对话，生命感是其基本底色。无论什么样的诗歌，都是诗人内心的活动，瞬间的，长久的；平和的，极端的。词语是无辜的，词语是我们心田上的庄稼。我们对待词语的态度，体现于诗歌里，而诗歌又是诗人有意或无意的灵魂泄露。

如此，诗人与诗，总是存在密切的关系。词语，是最清晰、最积极的告密者。

刘汀

1981年生，青年作家、诗人。出版有长篇小说《布克村信札》，散文集《浮生》《老家》《暖暖》，小说集《中国奇谭》《人生最焦虑的就是吃些什么》，诗集《我为这人间操碎了心》等。曾获新小说家大赛新锐奖、香港青年文学奖、陈子昂诗歌奖、《草原》文学奖等。

刘 汀 诗 三 首

中央大街

有僧侣托钵于闹市
身形坚定，眼珠乱转
仿佛笑这人群
和他一样
不知如何从地上
拔出佛法，更不知
如何将天上的落雨
传递给众生

安检

坐地铁，过安检
一个安检员手里的仪器
坏了，他仍然按部就班地
往每个乘客身上扫一下
同时嘴里发出，嘀嘀嘀嘀的声音
他那么认真，让人不由得
微微战栗。只一瞬间
人群已被他，彻底看透

肉

那些舞蹈着的肉体，既年轻
又美丽，滴着发光的水珠
旋转，大笑，放声痛哭

那些战争中的肉体，像案板上
待售的排骨、里脊、臀尖
血凝成一片又一片，不规则图案

在厨房，我高高举起菜刀
又轻轻放下，一块冻肉
再次死里逃生

救它的，是我手指甲上
女儿昨晚贴的指甲贴，一只粉红色的
小猪正在舞蹈，完全不知道世上
有肉，和吃肉的人这回事

刘汀　手术刀与匕首

刘汀的写实功力极强，擅长在生活现场迅捷而精准地发现和抓取“有意味的细节”，从而与生活保持共时性的关系。他的诗与现实人生血肉相连，从画面或动作切入，凝固或放大某些瞬间，生活的实时展示与思辨的诗意表达相生相依。我们可以把刘汀的诗歌称为“场景式诗歌”，想象、思考、抒发等情绪性发生，都建立在具实的场景之上。这样的写实首先不是某种主义可以笼络的，而是把诗真正写到实处。

实景实写，写出我们熟悉的遇见，从俗常中写出不寻常的审美，这其实是对诗人极大的考验。“有僧侣托钵于闹市 / 身形坚定，眼珠乱转”（《中央大街》），语言简练而传神，一幅着墨不多但纤毫毕现的写真。世俗的人潮中，僧侣托钵静立，这是动静相对；身形坚定时，眼珠乱转，这是静动一体。“托钵”是超然的，“眼珠乱转”又是入世的。这首诗短小，但哲思的体量巨大。

刘汀总能用手术刀精细解剖日常景象和人间随意性的动作，剔除无用的或他认为无意义的，挑出可供他诗心共振的那些点滴。许多时候，他关注同一场景下对立性或纠缠矛盾的行为。“一个安检员手里的仪器 / 坏了，他仍然按部就班地 / 往每个乘客身上扫一下 / 同时嘴里发出，嘀嘀嘀嘀的声音”（《安检》），这是真实存在的，但又是怎样的荒诞？事实上，现实生活的不可思议远远超乎我们的想象。刘汀在一本正经地扫描世象，反讽以及不可言传多重意义，在我们无奈的笑声中荡漾开来。

河水向东流，顺畅自然，突遇一块石头，便浪花如雨。刘汀十分注重诗的叙事伦理，且喜运用类似于小说“欧·亨利式”的结构，营造平常中见奇崛的效果。《肉》，就是一个典型的案例。出人意料的结尾，稍加思考，便会发现在情理之中。而这样的思考，正是刘汀想表达但又暗藏的精神之果。

握手术刀的诗人刘汀，神情自信，动作娴熟，技术精湛，这让他的诗歌力量极其独特。他沉默不语，我们同样沉默地观看。我们看不到他的目光，而我们原本淡定的目光重回心里时，成了一把把匕首。可以想见，每到这时候，刘汀一定会露出得意的笑。但我们又不得不承认，我们相当需要刘汀这样的诗和诗歌。关注我们的日常生活，以诗力洞察人间世相。这样的诗人，值得我们尊敬。这样的诗歌，才是真正的生活现场的好诗。

柳江子
原名张伟，陕西富平人，客居长安。从小喜欢写作，小学时期，已有诗歌在报纸上发表。作品散见于《草原》《西藏文学》《西部》《牡丹》《散文百家》《岁月》《中国诗人》《广西日报》等杂志和报纸。曾获得“中国梦·劳动美诗歌大赛一等奖”等奖项。曾出版诗集《父辈的土地上》。

柳江子诗三首

秋天的草原

在深秋　预订一片胡杨林
金色的芳华　游弋在平静的水面上

天空似一面镜子　倒映出
湛蓝色的诗行

白云是如此祥和
安度　草色微黄

牛羊悠闲地　点缀在草原上
低飞的鹰　巡视着

大漠的苍茫

在流离和迁徙之间
一把马头琴　把故乡
在如泣如诉中轻唱

南飞的大雁　在凄然的霜色里
早已　排列成行

2018 年 9 月 12 日

进入雨季

裁剪不出　那一缕嫣红
或者鹅黄
一场秋雨　适合相思绵长

一阵沁凉　悠然穿过
空寂的小巷

石板和墙缝中
绿苔　正在抽出新芽

灰色的瓦片
架起天空的桥梁

听从无边的爱意　悄悄滋长

藤萝布设　清新和爽朗
那些盛开的花朵
托举起　季节的烽火

在流水中　送别
那一瓣一瓣馨香

2018 年 9 月 14 日

夜凉

似潮水般
漫上一级一级台阶

风　在寻找自己的归宿
秋虫　弹奏着温柔的小夜曲

覆上薄薄的凉被
恍惚之间　仿佛回到暮春
那携着小雨　入微般的亲切

又似乎回到故乡
那沉淀在梦境中的田园

貌似冰冷的一面　露出
柔弱无骨般的腼腆

细碎的光影　瘦身以后
沿着门缝　溜了进来

2018 年 9 月 9 日

柳江子　挂在树枝上的水珠

柳江子的诗精致而通透，敏感之心与诗性的纤柔之美很好地结合在一起。他怀着敬畏之心与诗歌相处，亲切地对待每一个词语，如同在聆听每一滴血的声音。这是位极其认真的诗人，以微妙的情境，寻找潜在的复杂与深远。在他的诗歌里，语言精美，语感从容，简静之中不失坚韧的生命力。

柳江子的诗歌里，几乎没有现实中的紧张以及粗俗的激愤。读他的诗，仿佛是在初夏的一个午后，坐在绿草地上，任由一曲恬淡的古筝抚摸耳畔。孤独和痛苦，是诗人的沃土。柳江子并没有正面强攻孤独与痛苦，而是绕到背后，品味淡淡的忧伤，发现人生被我们忽视而又十分需要的精神诉求。直面，是一种勇气；迂回，则需要智慧。这与其说是一种诗学策略，不如说是他的人生态度使然。

《秋天的草原》，没有呈现我们习惯的那种萧条冷漠的场景和心绪，而是书写秋意里多样化的实景与感受。柳江子走近细微之处，表达生命的丰富。万物相生相依，但在一个瞬间，枯荣同在。诗人以质朴和精确的语言，写实般地描摹草原的风物。美与痛、宁静与骚动、哀愁与喜悦，这属于草原，也是我们人生的映射。一切都是外在的大自然，但又直抵我们内心的体悟，人生哲学在平实之中得以悄然铺陈。

在快节奏和浮躁的世俗生活中，能够静下心来，观察和回味世界的细部与微小，需要强大的定力和体味人生美好的真诚之意。柳江子这位陕西汉子做到了。《进入雨季》《夜凉》，处处可见诗人的淡然与超脱。这是对万物的用心体察，也是对意象的参悟。虚实相间，以实为基，以虚飘逸神思。

柳江子的语言简洁而唯美，朴实之中充满灵性，丝毫不见雕琢之痕，自然中尽现审美之功。词语是一滴滴水珠，诗是一排排水珠，温润里阳光明亮，世界就在水珠里，如梦似幻。读他的诗，总让我想起雾中的江南，一切朦胧又真实。走在小巷里，一束阳光就在眼前，雨滴从屋檐落在青石板上，清脆的声音与绽放的花朵，在人间，在我们生活的某个角落。所谓的岁月静美，更多的是来自我们的心境。柳江子的诗，可以让我们平复一些焦灼，走入静美的时光。如此，这样的诗，值得细读。

卢辉

现居三明，诗人，诗评家，高级编辑。中国作家协会会员，中国文艺评论家协会会员，编著《中国好诗歌》。主要著作有《卢辉诗选》《诗歌的见证与辩解》等。获得福建省政府文艺百花奖、第三届“诗探索·中国诗歌发现奖”、第五届（2017—2018）中国当代诗歌奖.批评奖、《现代青年》年度十佳诗人、第三届中国天津诗歌奖、中国（海宁）徐志摩微诗歌奖、中国广播影视大奖等。

卢辉诗三首

墨竹

墨竹比竹子好强，一旦有了墨香
它就会在纸上
不需要太多的养分。一根根
朝气蓬勃

我收藏的那根墨竹
十分瘦小
它猜到我不会把它移栽，一直保持
弱不禁风的模样

墨竹松不了土
长不了根
一旦把它挂在墙上
满屋子的风
不知从何来

祖房的后背山有一棵柿子树

祖房的后背山有一棵柿子树
硕大的果子，我一枚都没动过
它们的软，它们的汁
差不多就是我
含在嘴里的奶

好几次我想去摘柿子吃
奶妈说："不急，不急，青柿子涩，败火"
她麻利地撩开衣襟
好像硕大的柿子
到了秋天
全都垂挂在她的
胸前

雨声，有一个脸盆那么宽

雨从空隙中落下来
并不比树叶差
一二滴有代表性的去处
都是直线，像我屋顶的瓦
一直低低地往下看

这是我家里的雨
它的声音有一个脸盆那么宽
小时候我就是里面的水手
跟过一艘纸船，沉到盆底

整整一个春季，我没敢吭气
一艘又一艘纸船
睡在我的盆底
老听见
我屋顶漏水的声音

卢辉　从细微处开拓诗语疆场

卢辉常以聚焦的方式观察和感受世界，目光收拢为一个点，情感推动想象，在细小里发掘“大情怀”的美学风貌。他的诗性之眼和诗意萌动，与“一滴水里看世界”有着本质区别。现实的一个点或细微之象，触发心魂，引领思绪。他的灵动首先源自他的感动，诗早在心中，只待一个激活的时机。

都是寻常之物，想象力也非一鸣惊人，卢辉诗歌的特点在于，天然地与世界与心灵保持紧密关联，追求真实中饱含不露声色的深邃。他对生活充满热爱与感恩，用心找寻身边的温情与感悟。他的诗歌带有某种宁静的氛围，那些诗情悄然漫开，就像远山满山盛开的花。

《墨竹》，宣纸上的一棵以水墨而就的竹子，是对真实竹子的摹写。如果从哲学中的镜像出发，墨竹或许才是真实的竹子。在诗人眼里，这样的墨竹，少了一切自然之味，但多了心灵之感。离开大地的墨竹，在诗人心中生了根。从现实的竹子到艺术的墨竹，在诗人的情感里得到重生。

《祖房的后背山有一棵柿子树》，这是一首与众不同的写母亲的诗。借物移情，以物寓情，是诗歌习以为常的手法。这首诗的与众不同，不在于诗人的想象力，而是直接道出母亲就是一棵柿子树。在这里，形象的相通，已不重要，诗人笔下的画面，从此钉在我们心底。祖房，象征一路而来的家族；后背山，低调的隐喻，这些都是母亲的人生。

《雨声，有一个脸盆那么宽》，一个孩子无须想象的感觉，在成年人看来，竟然如此奇妙。在这首诗里，雨不再是多情物，也非降福或造孽。雨回到雨本身，我们也随雨回到童年的单纯。诗意在雨里，在雨声中，而我们的心神在脸盆里的那些一艘又一艘小纸船上，世界就这样沉默着。

陌生化审美的诗，其实并不难写，真正难的是把陌生化为熟悉，让诗意随我们身边的一草一木摇曳。写诗，宏大需要足够的精神高度，而从微小里生发人生之悟，并呈现历史维度和现实纹理，是考验诗人的诗性意识和综合才能的重要途径。卢辉的诗歌，如同生命体，想象力、美学风范、意境铺染、精神的高大价值等，都自然地成为生命体的一部分。独立时，并不张扬，魅力来自生命体持久而强大的互动性生长。

路也

济南大学文学院教授。著有诗集、散文集、小说集和文论集等共 20 余部。现主要从事诗歌和散文创作，兼及创意写作和中西诗歌比较等方向的研究。

路也诗三首

太行山

分不清天河梁、阳曲山、走马槽
只知一座连一座，统统叫太行

在高处，它制造悬崖和突兀
向天空和星辰宣誓
在半坡，它侍弄大片大片野花
说出最想说出来的话
在低处，它纵容溪水
安抚村落和牛羊

它的裂谷幻想愈合的可能
它的绝壁找不到退路

它的山脊上的石路伸向迷失和遗忘
它的腹腔里有煤块在缄默

既不属公元前也不属公元后
除了上苍，它什么也不信

落日新鲜，被它圆圆地扛在肩头
接着又砍去一半

初秋的风吹过高山草甸
拖着长长的裙摆
不必分清哪边是山西，哪边是河北与河南

如果对人世迷惘，请来太行
因为别处的屋檐都太矮，也不够敞亮

2017 年 9 月

阳关

二十一世纪的大风吹着汉代颓圮的烽燧
唐朝的一句口语诗悬在天地间：西出阳关无故人

我看见了什么？看见少，看见无，看见时间
看见时间把多和有变成少和无

我还看见写下那句诗时，那个长安诗人哭了
那个有雨的春天的早晨
犹如一封信函，邮寄至千年后的今天

阿尔金山在远处，爱着自己的白色雪帽
一条长长大路用丝绸铺成
倒换通关文牒，下一站即楼兰
和亲的公主最后一次回头，告别青春

风在沙漠上写下一个个姓名，又将它们掩埋
一只露出地表的陶罐是断代史的注释
惊扰了整个戈壁滩

只有红柳，胆敢与骆驼刺相爱
地平线不朽，地平线折不断，地平线永远横卧在前

是谁把我逼成了徐霞客，一个人跑出这么远
再也不会相见了，再也不会有音讯
故人啊，我已西出阳关

2017 年 3 月

太湖

天空和湖泊都用面积来表达自我
面对那么大的天，湖只有竭尽全力铺展

天低矮下来，原谅湖的有限

冷雨和暮色交融，共同定义人生
我把自己缩小成逗点，躲进命运的一角

灰云穿着丝绒的跑鞋
水边芦苇枯干，风吹着一排排不甘，一簇簇永不
在这个严重时刻，世界收拾残局
列着清单

蚕在太湖南岸的丝绸博物馆吐丝
我在潞村吃艾团喝青豆茶

十一月只剩下了四天
我把十一月的尾巴带到了湖州
身患甲减，随时会睡着，梦见自己并没有来

两个省张开双臂把一个湖合抱
一个湖被两个省宠爱
此刻坐在它的南端
才到达一天半，就开始想家

家要向北，再向北，湖对面遥遥对着的
只是无锡
一个人出远门，空着手
已经去过未来，如何还能生活于现在

2016 年 12 月

路也　共时空的物我同化

路也这位动感强烈的诗人，时刻处于动态的是辽阔的诗心和宏大的诗意。她的每首诗，体量都很庞大。一首诗，不是一个片段、画面或情景，而是整个世界和人生。在她的诗中，动就是静，静就是动；细微里可见宽广，浩瀚中能察渺小；物与我，互为行者，互为观照。物中有我，我中有物，立于此时此地，但将一切汇成一条河流，而后从笔端倾注。无论是苍茫的岁月，还是浅浅的小时光；无论是生命的无尽之思，还是握在掌心的欣喜或刺痛，路也随景而行，由情而动的能力，让人惊讶。大气时，有如浩荡之风；细腻时，纤毫毕现。路也在物我两忘及诗人合一方面，有着不可小觑的才华和理想。

《太行山》，一座石头堆成的山，一座拥有生命与精神的山。

高处有高处的雄力，低处有低处的柔情。有伤口，有迷茫，有沉默中的火焰。这是现实中的太行山，又是诗人笔下的人和人生。“如果对人世迷惘，请来太行 / 因为别处的屋檐都太矮，也不够敞亮”，不仅如此，去太行，还可以领悟到人生行走的真经。

《阳关》，历史上的一座关口，两个世界的分界。这是两个地理和文化上大不同的世界，也是两个世界的汇聚之地。走出阳关，岂止无故人，一切将是陌生的。在人生的路途中，我们也有这样的“阳关”。在那个目标的尽头，在那个无风的山顶，一路而来的我们，遍尝滋味，满身伤痛。所有的行走，都是流浪，都是逃亡。

《太湖》，“已经去过未来，如何还能生活于现在”，太湖就是那个未来。只是这太湖，并非我们常见的美轮美奂，而如现实生活一般的五味杂陈。亲近自然，可以陶冶身心，但身心本身的品质更重要。再好的地方，也不如家。这个家，是身体的居住之地，也是灵魂的栖息地。

路也的诗路很开阔，时常在大自然和日常生活间穿梭，信心满满，姿态缤纷。她注重从大自然和历史中获取新的审美，着力于日常生活的细细咀嚼，反刍经验。她的诗，自然流畅中显现厚实的结构和情景交融的饱满形象。而作为诗人，她具有强烈的自信心和存在感，并只在诗中迸发和张扬。

罗振亚

1963 年生于黑龙江讷河市，文学博士。南开大学穆旦新诗研究中心主任，文学院博士生导师、副院长，享受国务院政府特殊津贴专家，教育部“新世纪优秀人才”，为中国作协诗歌委员会委员、中国新文学学会副会长等。出版有《朦胧诗后先锋诗歌研究》等著作十余种；在《中国社会科学》《文学评论》《文艺研究》等刊发表文章 300 余篇；曾获黑龙江省优秀社科成果一等奖、《星星》年度诗评家奖等奖项。

罗 振 亚 诗 三 首

孩子　我们已没有资格谈论故乡

月亮是供游子圆缺的
天空由南归的雁阵丈量
档案馆前的几只流浪猫
叫出故乡遥不可及的内伤

日子像疯狗在身后狂追
不知啥时太阳患了红斑狼疮
姑娘穿得少得让人不敢睁眼
性病广告贴到幼儿园的门上

小鱼儿不断浮上水面喘气
岸上人的表情阴晴无常
孩子　在都市的车海里学游泳
我们已没有资格谈论故乡

都说家就是足下的泥土
乡音将一直朝着家的方向生长
可为什么脚印留在卧室
灵魂却总迷踪在路上
抵达一次次成为奢望
远方越是谁也到不了
越是诱惑得无数人醉卧沙场

从你太爷你爷爷　到我和你
蓬莱阁旁的满院桃花
讷谟尔河畔的两垧高粱
被置换成哈尔滨天津卫间的高铁
钢筋水泥中的一团雾霾
和十七楼一百多米变质的阳光
自从跪别你爷爷碑前的大片青草
和地图上从未标记的生我的村庄
那条河流的来路就再也看不清了
混乱中的记忆已经改变方向
孩子　在之乎者也的平仄里练平衡
我们已没有资格谈论故乡

独坐苍茫

秋天的雁阵很快被云遮蔽
远山暧昧得有些捉摸不定
想着山那边见过或陌生的人
茶杯感到了三寸凉意
一起上路的伙伴已寥落成一
远方也完全是自己的事
沿途鲜嫩的名字握手即忘
语言寺庙里供奉的许多尊神
被朝拜者看清后先后死去
山下的湖水在抄袭昨天的江河
石头还是水里的石头
虽然已让时间拿捏得日渐光滑
今晚的梦在哪儿栖身不必再想
风已把词典从凉吹到冷

海子忌日

海子　你先睡一会儿吧
估计这几天你一定很累
灵魂要出席各种活动
纪念会　诗歌节　签发式
还有什么颁奖典礼

搅得你父母都不得安宁

总有人喜欢扛着你的名字
到处口若悬河地游说
从南到北　愈演愈烈
有人流了许多眼泪
也有人出了不少俸禄
还有人捞足了晋级资本

我了解你腼腆的秉性
不愿戴那顶诗歌圣人的帽子
甚至早想逃离活动的热闹
静下来好好读书写字
整天荷尔德林过于单薄
未完成的几部大诗更需要写完哪

你该感谢生前那几位真朋友
除了阐释文本从不打扰你的清净
你走前后龙家营都是老样子
身边的人生的生病的病死的死
如果有机会你和爱诗的朋友说说
活动多诗必少都回到诗的本分吧

罗振亚　**搅动经年的积淀**

罗振亚有着实时性的诗意反应，双脚真实地踏进当下生活，那些新的节拍在心空回荡，思考应声而来。不做单向度的讥讽、拒绝或反击，注重交互式的对话，罗振亚的态度是厚道的，力量是绵里藏针式的。他的反应是与心灵交流后的反应，是血液温度的诗化反应。

读罗振亚的诗，感觉很踏实，很愿意接受。这得益于罗振亚怀将心比心之性情，尊重眼前的存在，亲切、自然并真诚地表达。语言朴素，但诗意盎然；认真写诗，但讲究叙述的易懂。罗振亚以及物、及心的诗学，让诗保持生活的气息和生命的筋骨。

《孩子　我们已没有资格谈论故乡》，这首诗里细节众多、画面众多，但都指向悲伤的情绪。故乡，其实已经死去，“我们”

也参与了折磨与屠杀。故乡，我们没有资格谈论，只能暗自怀念。进一步说，这里的“没有资格”，充满负罪感和按捺不住的愤怒。谈论，还是要谈论的。诗中的讲述，是追忆，更是试图唤醒人们对故乡的热爱和回归。

《独坐苍茫》，一个“独”字，写尽了孤寂与凄凉，更有生命的顿悟。一路走来，有多少的人和事渐行渐远，世界变得陌生且空阔。是的，“独”是生命的宿命，空是人生的尽头。然而，每一个生命都会有“独”中的自我，也会有“空”里的收获。“独”，也是一种狂欢；“空”，有化在生命里的丰盈。

《海子忌日》，怀念一个人，最好的方式是印在生命里，不张扬，但历久弥坚。许多人怀念海子，其实只是借“怀念”之名博眼球获私利。同样，许多诗人写诗，只是在用笔写下文字。是的，仅此而已。在海子的忌日，我们会伤感，而读《海子忌日》，我们感受到痛。在这里，诗人罗振亚不是在写诗，而是飞溅泪与血。一首诗，成为最好的祭品。

罗振亚的诗，总与生命一同行走，经由内心颤动后，在某个瞬间落到纸上。遵从人生体验和生命该有的喜悦与失落，立意很高，但姿态很低，与脚印重合。诗的技巧、有深度的思考，都与情感融于一体。诗从情感里生长，携诗的审美和人生哲思，再次回到情感里。因而，他的诗是“朴素哲学”“情感哲学”。

马端刚

中国作家协会会员，曾参加全国第六次青年作家创作会议，鲁迅文学院第八届青年作家高级研讨班学员，内蒙古作家协会首届签约作家。在《诗刊》《星星》等百家文学刊物发表作品300多万字，曾获内蒙古自治区文学创作“索龙嘎”奖、内蒙古自治区“五个一”工程奖、草原文学奖、西北军事文学年度诗人奖，部分作品被翻译到国外。现为某刊物编辑。

马端刚诗三首

鳏夫

房子老了

鞋子旧了

锅碗瓢盆昏昏沉沉

柴米油盐在灶台旁打盹

楼上楼下，有素不相识的邻居

度日如年，看几本闲书

树荫下懵懂发呆

一人抽烟饮茶

体内的波涛平静

想爱过的姑娘
蝴蝶般的往事渐模糊
想年轻的痛饮
气豪天的杯盏已破碎
想温暖的被窝
脸羞涩的媳妇在天堂
头发白，眼睛浊
泪水越来越轻，念想越来越重
只有马群踏过的地方
草木的心还在跳跃
鞭子抽打的天际
念头一闪，孤雁飞过
血红的太阳淌出来
弯月似刀

夜宿灵隐所感

白日渐长，黄色纸上
写绿叶，写红梅
写流水，写鸟飞
写阴山的雪，写小镇的雨
有寺庙隐于山中，三五僧人
晨有鸟鸣，夜敲木鱼
路过的山间小径，雾缭绕
远处有墨色城郭，近处是晶莹露珠

窗内烛火摇曳，院外月色倾洒
禅房里，翻阅经书
内心中，铸造佛骨
和你们一样，简单地生活
平淡真诚，感冒发烧
经冬夏历春秋，离去的归来的
每一刻，都在成长，都在消失
平静，感恩
喜悦，慈悲
在佛祖的身上闪耀着光芒
来赦免我们前世今生的罪过
世道艰辛，人生无常
荣辱富贵，悲忧悦乐
存则生，去则死，取出千年的良药
参禅打坐，读经养残心
抬头看云卷云舒，低首时心静如水
待到草长莺飞，细雨纷纷的日子
清风将万般妄想都吹散

纸的形状

有的方，有的圆
擦玻璃的人
擦不掉黑字
格子里到处有雪

晃动的牙出现在镜子里
忍住疼痛
忍住河水的抒情
脚边的黑猫
窥视着手里的鱼
主人给个媚眼
便点头哈腰
一辈子的牌坊还不如
喂狗的瓷盘子
怀疑瞎了眼的人
在窗边种了许多花草
阴山是破损的纸
一把火烧毁
烧毁黑，烧毁灰
只留下白，跳跃和反抗
长成一棵隐藏了名字的树
写上年轮
写上爱恨
写上危险幸福
写上此致敬礼
之后把自己的形状折叠

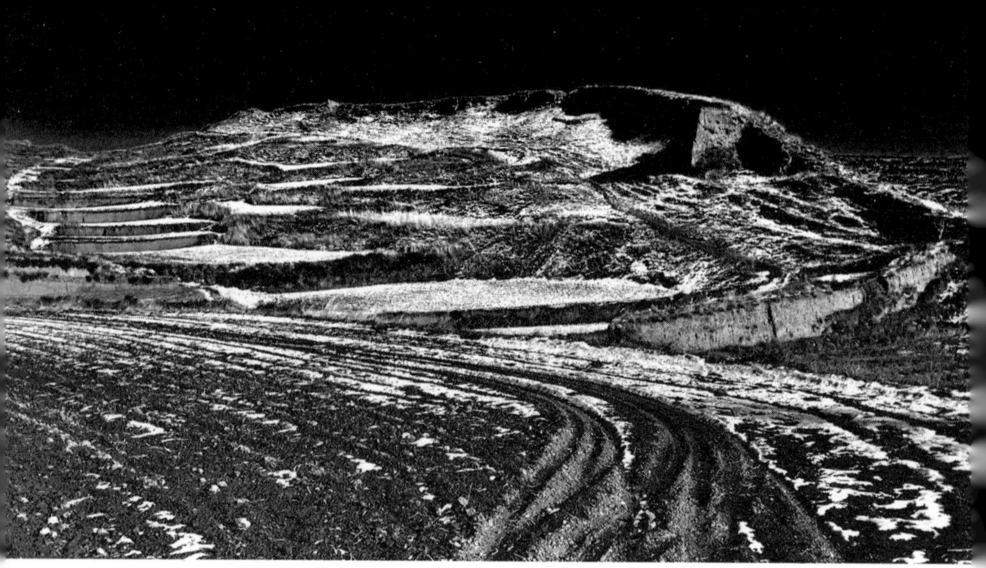

马端刚 **时刻倾听现实与生命的撞击**

马端刚是位勤奋的诗人，更是位时刻保持警觉的诗人。他总能捕捉到生活气息之中的闪光词语，以诗的方式记录心灵的颤动，观照现实。他对生活诗意的发现、开掘和提炼，是实时而持续的，始终与现实保持亲密的关系。他的诗歌沉稳、宽广，但又充满灵性和之于生命细微的关怀。

《鳏夫》，浓缩丧偶男人的日常生活和精神姿态。显然，他不只是失去了妻子，而是生活现出了巨大的缺口。失去，也即被抛弃。他的孤独在他内心无限扩展，让他的身影蒙上了无可替代的忧伤。这一切，说到底是时光对生命的吞噬。人生就是这样一点点失去，直至一无所有。这样的痛，我们每个人都有。

环境对心境的影响是巨大的，我们需要时常回到安静可顿悟之地，思考人生，整理心念。《夜宿灵隐所感》中的“灵隐”，是人生的原乡意旨。宿在灵隐的所思所想，与佛有关，又与佛无关。这平淡而富实的生活，其实是人生的本意，也是我们从未放弃的渴望，只是，我们时常迷失在路上。

《纸的形状》，是岁月的形状，是人生的形状。马端刚这首诗展现了其独特的想象力和思考力。“格子里到处有雪 / 晃动的牙出现在镜子里 / 忍住疼痛 / 忍住河水的抒情”，我们忍不住要阅读，但又难以抑制呼吸的急促和痛楚的蔓延。

阴山，是马端刚诗歌写作的重要资源和守护之地。阴山蒙古语名为“达兰喀喇”，意思为“70 个黑山头”。阴山山脉是古老的断块山，是农牧交错地带。历史的古老，现时的交错，这其中隐有太多的文化意象和人生隐喻。而在我看来，汉语之意的“阴山”，也可以理解为阴处之山。明亮之下，万物在；黑暗时，万物不仅在，而且回到本质。马端刚一如生活的守夜人，让白天有夜晚的沉思，让夜晚有星光般的希望。

在我的想象中，马端刚这样一位诗人，随时都在从生活中提取细节，然后回到自己的世界，让黑色的文字在黑夜划出光亮。这让我想起他的摄影，镜头时刻对焦人生的光影，多以黑白来叙述世间的五彩缤纷。黑白，世界的两极，简洁之中包含最为复杂的所有。马端刚的诗歌，也是一张张黑白照片。

马启代

1966 年生，山东东平人，“为良心写作”的倡导者，中国诗歌在线总编，“长河文丛”主编。创办过《东岳诗报》等民刊，出版过诗文集 28 部，作品入选过各类选本 200 余部，诗文被翻译成英、俄、韩等多国文字，曾获得海内外多种奖项，入编《山东文学通史》。

马启代诗三首

疑问

天哪，人一向前，你便后退
一退再退，天天空出来
好大的孤独，所以，你就叫天空？

地哪，内心休眠着多少条山河
天同覆，地同载，多少岁月也吃得下
从不喊饱，所以，你就叫大地？

是否写诗的人都叫诗人？可我
不知道什么才叫诗。活在天地之间
我该如何，如何给万物命名？

墓志铭

——狠狠心，就写三个字吧：马启代
麻烦按碑的形状，竖着写
马
启
代

就是这样，写了一辈子诗，就这样吧
简练，分行，大小写随便
寓意还是那个：启发一代

——我是马氏宗谱一个十八代的子孙
以 2012 为界，历经两朝：
一个半途而废的教书匠
无所作为的士绅
败走麦城的商人，奋发自强的囚徒
思想者，天生的反对派

……写下的文字朽如一年一生的草木
它们保持着一个人全部的尊严

一辈子没走出地球。就把它当成了家
躺着，门虚掩，听星隐月落
就这样：与世界和解，宽恕天下人

蚯蚓，是地下诗人

——蚯蚓，是地下诗人。最懂黑，所以不说话
唱歌，但像元曲或宋词

它让土地穿越身体，如诗人让黑暗穿越灵魂

……所谓精耕细作就是从泥土里打磨词语
它不以柔克刚，只以小搏大

为了躲开人类的挖掘，那些血腥十足的铁爪
它必须把自己向深邃里写

马启代　生命就是一首诗

马启代把自己的整个人生和思想都拧进了诗里，诗成为他行走、思考以及与世界相处的另一个马启代。这其实是一个极为复杂的过程，马启代也以同样的复杂性在写诗。阅读他的诗，我们能真切地感觉到诗是马启代完全的代言人。他的诗，也正如一个人一样，富于情绪变化和情感的多向性，小我抒情时，显出柔柔的光泽；激愤时，言辞激烈，有如一根烧红的针。

在诗里，他丝毫不避讳自己的性情，不虚不隐。如此，他的许多诗，激情是引领者，想象力、技艺等则紧随其后，并绝对服从。马启代将自我私语和对世界言说合二为一，诗的表情和灵魂也坐在同一屋檐之下。

《疑问》，这首诗看似通篇的疑问，其实前两节是以疑问的方式坚信天地之性，以发问的方式提升警醒的力度，让我们停下脚步，看看天地，从诗人的角度去思考天地所蕴的自然哲学。第三节，才是真正的疑问。写诗的人是否都叫诗人，这是质疑，隐藏其后的是否定之意。面对天地，马启代在自问如何成为真正的诗人，如何写出真正的诗。而“给万物命名”，则透露出诗人的雄心。

《墓志铭》，诗人在写诗，诗在写诗人。诗人在这首诗里浓缩了自己的生命之路和追求之念。墓志铭上只有“马启代”三个字，与每首诗或诗集的署名“马启代”，有着相同的意味。从中，我们也能感受到马启代对于诗歌精神的坚守和对诗歌贡献的向往。

《蚯蚓，是地下诗人》，马启代在寻找诗人与蚯蚓的相似之处。所谓“地下”具有双重隐喻，甚至可有更多的解读，但大地里的博大，当是直白的。蚯蚓的深邃，是躲藏，也是探寻。之于写诗和诗人，向下再向下，进入文化、情感、认知等层面，都当是共有的姿势。唯一不可取的，是如蚯蚓一样远离尘世，回归大地的静默。

马启代为诗活着，活成一首诗，是他对诗歌的热爱，也是希望从诗中获得生命的价值和灵魂的清澈。为此，他一直在路上，在努力让自己的诗像自己的生命一样，努力让自己如写下的那些诗一样。这是一个互动性的过程，也是诗人良知的重要起点。他在自我收获，也在启示我们。

牧之

本名韦光榜，布依族，贵州贞丰人，中国作家协会会员、贵州省诗人协会副主席、黔西南作家协会常务副主席，有各类文学作品在《十月》《诗刊》等全国各地报刊发表。著有《山恋》《心灵的河流》《依然如故》《馨香依然》等文学专著。曾获“韶峰杯”“李贺杯”“美文天下”等全国散文诗歌大赛一等奖，第十四届中国人口文化奖，贵州第二届专业文艺奖等。

牧之诗三首

在自己的时光里虚度

打碎岁月与时光，千年的旧事近在咫尺
我在自己的时光里虚度，数着
那些透明的哀伤，恍惚中
许多老无所依的魂魄，一如海浪
一波一波地离开杂草、尘世、沧桑……
之后，与旧物一起心生哽咽

落日开始豪放，我在观音寺前，向佛问路
而风，在我面前放倒墓地。老人托梦说
流浪的人儿，内心要有自己的雪山

留下空旷与安静，看春天如何怀着忧伤
而我，却看到逝去的奶奶与父亲
正在神龛之上慈祥地端坐
他们的眼睛在小心翼翼地看我

那些浩瀚与悲壮，爱着，恨着，
不断在寻找，不断在回望
直到时光的虚度在孤独中赴死
而危险就像黑夜无所不在……

红尘的华灯在蔓延，那些关于故土的铭记
仿若刀尖上的光阴，在黄昏下
藏着茂盛的竹林，编织卑微低下与高风亮节
回味月光下的皎洁、宁静与辽阔

尘世的门敞开着，也在关闭着，而我
不断往自己的身体，填满万物的一言不发
将祖先与过去的心事写在纸上
与天空，与云朵，与草木，与山川，
与春风，一起在自己的时光里虚度

与云岩书

一阵秋风掠过祖先们的骨缝，月光悬壶
在阳明祠，那些让人敬畏、向往的经句

与辽阔和尘世在一起，读云岩的青山、流水
把一方蓝天和彩霞留住，任晨钟暮鼓绵延
如云朵一样缓慢，鸟声一样吉祥

推开夕阳，一片落叶着地的声音
源于高原，深沉、悠远，暗藏着阳明的玄机
穿越时间与空间，凝望历史的烟尘
在阳明的心学里待嫁春风，之后
交出岁月的悠闲、恬静、斑斓……

在云岩，我们聆听时光的流淌，轮回的心事
像鸟儿回到枝头，与我们的灵魂相遇
而窗外的光影斑驳，山雨也欲来，那些
红尘里的爱恨情仇便在东山把佛经禅理嚼碎
避开尘世，洗心革面，以云与岩的名义
完成我们内心对知行合一的仰望和敬畏

在扶风山上，经年的风声还在流传
我们怀抱饮醉的月光回家，
跪拜和祈祷依然拥挤
而芸芸众生正在曲折向上的旅途中，
岁月温暖，时光便以缄默在扶风寺
守住秘密，入定，入神，入化

此刻，我们必须静默，
把秋天的空旷还给金黄的山脊
把阳明祠的石头紧紧地抱在怀里，

把圣洁的光阴还给尘世的华美与沧桑，
留下良辰美景，在我们礼佛三拜之后，
扶风寺的弦外之音，为我们找到了
人生成与败、荣与辱最朴素的答案
之后，用我们的凡心
迎接雪花从遥远的岁月归来

而此时此刻，红尘里的第一缕晨光闪现
它们的美，固执，热烈，豪放，耀眼……

与家乡书

在乡愁的路口，等一场回首的梦境
见证我们经历的所有因果，柳树上
掉下的愁绪，已被风雨清洗暗疾
那些没有详细地址的乡愁，在萌动着
穿越星光与月光的故乡，用家乡的方言
唤醒时光的风生水起，听依旧的童谣

坐在旧房子翻看屋檐下的瓦罐，雨声里
有苍老的声音唤回我们的沉寂与孤独
堂前的燕子也一只、两只、三只……
与我们一起，用诗歌回乡偶书，抚摸
乡音的问候，在母语中喝酒、叙旧

转身间，有一些秦砖汉瓦，留下了家乡
挣扎的痕迹，离我们遥远的祖先也因往事
尝遍酸甜苦辣咸的味道，而我们
只有枕着一帘幽梦，看在河边的浣纱女
浣洗我们旅途的尘埃，然后回眸曙光
以河流和落日的方式，把我们与祖先
骨髓里的血脉留住，如英雄的血凝固晨曦

和家乡的鲜花眺望远方，那首泛黄的山歌
正用与众不同的嗓音，借着山风的狂舞
攀越山崖，涉水泅渡，穿越天空和远方
等待迷途的归人与南飞的雁阵，在一场雨中
找出五谷、农具和薪火的种子，洒一遍乡愁
在一江春水里同我们一起雀跃着，恩爱着
携人间烟火游弋风轻云淡，飘逸在柳絮桃林中
等他乡之月，挂在山丫的树梢，听故乡的耳语

牧之　**词语密林里的元神**

牧之的诗歌，是从群山丛林里飞出的歌谣。这山是贵州黔西南的山，这丛林是布依族生活了几千年的丛林。稠密而富有乐感的语言，常见而又蕴有新意的意象，与现代文明融合但又保持适度距离的诗情，牧之的诗歌有着本民族的生活底色，传统的积淀与现代性的技巧亲密互动，诗风纯净，诗性盎然。

牧之的诗歌基本上是在大自然的原生态与小城市的平凡生活这两个领域里行走，这也是我们当下生活无法消去的境况。进入现代文明的生活范式，心魂还是处处刻着农耕文明的脚印。牧之写都市，写当下的喧嚣，其实也是在写我们内心所渴望的那份宁静、纯粹。而漫步于山林里，同样也是在审视日常生活的浮华与不安。

“祖先”，是牧之使用频率较高的一个词语。“尘世的门敞开着，也在关闭着，而我 / 不断往自己的身体，填满万物的一言不发 / 将祖先与过去的心事写在纸上”(《在自己的时光里虚度》)；“一阵秋风掠过祖先们的骨缝，月光悬壶 / 在阳明祠，那些让人敬畏、向往的经句 / 与辽阔和尘世在一起，读云岩的青山、流水”（《与云岩书》）；“以河流和落日的方式，把我们与祖先 / 骨髓里的血脉留住，如英雄的血凝固晨曦”（《与家乡书》）。天地、故乡和我，这三首诗，其实指涉了牧之的生命呼吸。这里的“祖先”，以及牧之其他诗中频繁出现的“祖先”，在意义上并没有太多的拓展，也无难以捉摸的玄幻，一切都是我们唇齿间和心头的那个“祖先”所包含的意思和意义。诗人们笔下出现的词语（当然也包括意象），并非是诗人有意而为之，基本上都是如心跳一般自然而然。诗人的无意之举，恰恰显影了内心深处那神秘之地。在牧之的心里，“祖先”不仅是生命的源头，文化的重镇，更是时下行走的一盏灯、一面镜子。

《在自己的时光里虚度》，这首诗里，“自己”，是与大自然融为一体的自己，是剔除了生活杂质之后的纯净。回到内心，回到既有人间烟火又充满禅性的状态，这是诗人向往的时光。这样的人生，在世俗理念中，当是虚度。殊不知，这样的虚度，其实才是真正充实的人生。

牧之的诗，大多的句子如丛林般密密实实，也如浓密的丛林一样，风轻扬，阳光醉人。阅读他的诗，仿佛立于丛林的边缘，听一首首布依族民歌从树间、从阳光、从风中传来。山不在，森林不在，世界不在，我们只在歌里。这歌是从生命中流出，经由大自然参与合唱的歌。

慕白

原名王国侧，浙江文成人。中国作协会员、首都师范大学2014年度驻校诗人。有作品在《诗刊》《人民文学》等报刊上发表。诗歌多次入选各种年选。参加诗刊社第26届青春诗会，鲁迅文学院第三十一届中青年作家高级研修班（诗歌班）。曾获《十月》诗歌奖、红高粱诗歌奖、华文青年诗人奖、浙江省优秀文学作品奖等。著有诗集《行者》等。

慕白诗三首

我觉得，有一座房子是我的

风吹过我的村庄
一片树叶飘落水面
我觉得，有一座房子是我的
我将在它门口坐得很晚

风从南面吹起
风从北面吹起
风从西面吹起
风从东面吹起

风吹得很快
我觉得，有一座房子是我的
我将在它门口坐得很晚

很晚的时候，风从我的房子吹过
玫瑰色的黎明
风没有留下一丝尘香
我觉得，有一座房子是我的
我将在它门口坐得很晚

兰溪送马叙至乐清

“从一个晴朗的地方到一个下雨的地方，
实际上只需要一次短暂的睡眠。”

兰在雾里，芭蕉在雨中
兄弟，上午十点一刻的这场雨
再次令人失望，脚下的流水
不会再次让我们回到里秧田
回到我们失去的彼岸，钱塘江的源头

你低头坐进车子的身影
让我想起了古代友人江边送别
无言探向水面的沉默

水到兰溪，三江汇流，悄然合一
有如人的中年，低缓，宽阔，内心宁静
月夜漫步，中流击水，西门的桃花正好
今天第一班的汽车，或者最早的轮渡
也赶不上昨晚江边灯火中的盛宴

风很轻，日子会越来越平淡
一滴水不能和一条鱼，在同一个地方再次相遇
江的对岸，有人故意用古琴弹奏流水
小城故事，一次又一次重复那相同的别离
孤独的水流过一条兰溪，你又为何行色匆忙
于是寂寞滚滚流淌……

兄弟，兰溪，钱塘江的中游水系
各种各样的人行走在地上，没有人叫得出名字
命运如水，谁能准确预测自己未来的流向
这是一条别人的江，有人在上游点灯
以心为界，明天是谷雨，我也将启程
回到包山底。只是，我不知道今夜的江水
会在何时把我喊醒

安魂曲

雨下了一夜
已淋不湿他

某某，某某某
墓碑上
有些名字开始模糊

他曾经在我们中间
他应该是个好人
不知道活得好不好

在生前
他可能胆小
他或许晕血
他甚至恐高

现在他不怕人评说
活着的功过
只是踩死一只蚂蚁
他肯定也有过爱情

和亲人们一起
埋骨青山
他没有恨
眼睛闭上的时候

慕白　在现实大地上重建故乡

慕白是位真诚地回到内心的诗人，不虚伪，不鼓噪。这内心也是我们共有的内心，沉潜于我们日常生活底部的那份平实与清纯。只是，我们已顾不上倾听和触摸。慕白的诗歌是美好的，一份诗化的美好，一份从当下生活提纯的美好。他借助于诗，发现并捡拾匆忙脚步里的遗落、忽略以及被践踏的本真之美。有人说，他是当下为数不多的还在温暖抒情的诗人。其实，他是以抒情的软性，呼唤被我们胡乱丢下而又不该丢下的珍贵，修补支离破碎的本真情怀。

《我觉得，有一座房子是我的》，这首诗写得相当干净，从情绪的流动到结构的营建，都如同乡野一样清新自然。这首诗重复的词语很多，而执着的只有风，一路读下来，就似微风拂过水面，一切的丰富都在最简洁的表现之中。一片飘落水面的树叶，四面来风，玫瑰色的黎明，以及没有留下一丝尘香的风，天地间如此简练，村庄清灵飘逸。在这里的房子，是从大自然中生长出来的，灵魂最好的住所。“我觉得，有一座房子是我的”，是自我性的想象，也是隐于心间的向往。

《兰溪送马叙至乐清》，这首别离诗，其实是借送马叙梳理岁月过往中的美好以及从往昔一路走来，并要继续走下去的人生。过去在身后，离别在此时，未来在前方，“水到兰溪，三江汇流，悄然合一”，人生的每时每刻都这样的共时。诗人所送的马叙其实是另一个慕白。这首诗的容量巨大，为我们提供了众多的阅读入口和品味节点。

《安魂曲》，冷峻地书写了生命终结的本质。生命不在，一切遁空，回归安宁。这首诗极其平实，不着任何技巧，一如我们的生活那样平常。再轰轰烈烈的人生，终究也会走向这如此的平常。慕白是在安抚逝去的人，更是在忧伤地警醒活着的人。

慕白善于怀旧，故乡“包山底”经常性地出现在诗中。可以说，慕白的所有诗，核心都是有关故乡包山底的诗。包山底，是他个人的，但包含的意味是我们的集体意识。故乡在他身后，又在他现世生活里，他在忧伤丢失的同时，努力让故乡重现。

真正的怀旧，并非试图回到过去，而是当下的某种坚守与重建。因而，慕白的诗是本质性的当下，以诗温和的一面，唤醒我们。我们在奔跑，在狂呼，看似无比清醒，其实在昏睡。慕白以追忆“丢失”的方式，一点一滴地修复我们在尘世中的创伤，把那些曾经的美好一丝一丝地带入现实生活。

欧阳江河

本名江河，1956 年生于四川泸州。诗人，诗学和文化批评家，书法家，北京师范大学终身特聘教授。在国内和港台出版了 14 本中文诗集，以及 1 本文论集。在国外出版 4 本德语诗集，3 本英语诗集，法语诗集、西班牙语诗集、阿拉伯语诗集各一本。在全球 50 多所大学及文学中心讲学、朗诵。获华语文学传媒大奖年度诗歌奖、英国剑桥大学诗歌银叶奖等。是 20 世纪 80 年代以来中国最重要的代表性诗人之一。

欧阳江河诗三首

谁去谁留

黄昏，那小男孩躲在一株植物里
偷听昆虫的内脏。他实际听到的
是昆虫以外的世界：比如，机器的内脏。
落日在男孩脚下滚动有如卡车轮子，
男孩的父亲是卡车司机，
卡车卸空了
停在旷野上。
父亲走到车外，被落日的一声不吭的美惊呆了。
他挂掉响个不停的行动电话，
对男孩说：天边滚动的万事万物都有嘴唇，
但它们只对物自身说话，

只在这些话上建立耳朵和词。
男孩为否定物的耳朵而偷听了内心的耳朵。
他实际上不在听，
却意外听到了一种完全不同的听法——
那男孩发明了自己身上的聋，
他成了飞翔的、幻想的聋子。
会不会在凡人的落日后面
另有一个众声喧哗的神迹世界？
会不会另有一个人在听，另有一个落日
在沉落？
哦，踉跄的天空
大地因没人接听的电话而异常安静。
机器和昆虫彼此没听见心跳，
植物也已连根拔起。
那小男孩的聋变成了梦境、秩序、乡音。
卡车开不动了
父亲在埋头修理。
而母亲怀抱落日睡了一会儿，只是一会儿，
不知天之将黑，不知老之将至。

1997年4月12日于斯图加特

早起，血糖偏高

在早餐的蒸蛋里，那晨星般
撒下盐粒，又让老男人凝结的东西

变成了糖。天下盐，丢了谁的天下

这一天，广场空无一人
急诊，排起了长队
风吹来芳香的、意识形态的苹果醋

四环上，有人驾驶一枚鸡蛋壳
逆时空一路狂奔
五十年代的膀胱缓缓升空

隔着防火墙捏鼻，还是能闻到
三千里外的闷骚狐狸：孩子们
从搜狐网朝阿里巴巴撒尿

为憋尿时代建一座纪念碑吧
为头脑里的小便订购一只抽水马桶
因为杜尚先生要来，签下他的大名

在文明这具恐龙的骨架上
我们一生的甜蜜劳作
工蜂般刺入花的血滴

在花脉深处，药片吞下烈日
甜的陈腐照耀着大地
甜的吸血鬼相见欢

胰岛素，这液体的针尖王子

以医学的目光打量尘世
避开了冰淇淋皇帝的邀宠

糖衣炮弹打开甜的内部构造
揪出一堆的厨子和胖子
有的得了厌食症，有的想要转世

而贪吃糖果的男孩
像个无辜的天使站在地球仪上
并不知道甜去了哪里

伤感是多余的，但又必不可少
甜的哲学被苍蝇飞过之后
再也不能飞得像一只翠鸟

2014 年 1 月 3 日

霍金花园

水墨的月亮来到纸上。
这古人的，没喷过杀虫剂
的纸月亮啊。

一个化身为夜雾的偷花贼
在深夜的花园里睡着了。

他梦见自己身上的另一个人
被花偷去，开了一小会儿。

……这片刻开花，
一千年过去了。

没人知道这些花儿的真身，
是庄子，还是陶渊明。

借月光而读的书生啊，
竟没读出花的暗喻。

古人今人以花眼对看。
而佛眼所见，一直是个盲人。

从花之眼飞出十万只萤火虫，
漫天星星落掉在草地上。

没了星星的纽扣，花儿与核弹，
还能彼此穿上云的衣裳吗？

云世界，周身都是虫洞，
却浑然不觉时间已被漏掉。

偷花人，要是你突然醒来，
就提着词的灯笼步入星空吧。

2016 年 7 月 31 日

欧阳江河　坚守中的突围

欧阳江河具备优秀诗人所有的才能，更难能可贵的是，他始终保持清醒的认识，敬畏诗歌，又敢于质疑诗歌；守护内心的纯朴，又与当下进行实时对话。他的诗歌，与思考一样复杂，与生活一样丰富，是一个封闭又开放的巨型空间。他的诗歌令我们在晦涩中感觉到亲切，可以有阅读的快捷收获，又是可以无限研究的文本。因而，解读欧阳江河的诗，人人都可有为，但又是相当困难的事。

与生而来的天赋，学者般的研学，欧阳江河已经不是简单意义上的诗人。或者说，他将诗人这一身份或概念进行了完美的实践。他一直胸怀“大师情结”自我修炼，将生命与诗歌结合后的能量不断推升。

《谁去谁留》，这是一首简单又复杂的诗歌。一个小男孩的生活，孤独而自足。黄昏时分，旷野之上，孩子沉浸于自己的世界，父亲在修车，母亲在打盹。这样的画面，我们很容易就能读出滋味。植物、昆虫、机器、电话，是实在的事物，又包含可以深入解读的意味。万物归静，谁都在，谁都会退场。

《早起，血糖偏高》，一个日常生活中的平常事情，在欧阳江河的叙事中，成为当下人生和世界的一个事件。直觉与玄思、生活与想象、物质与精神……如此和谐一体。这是一首平易近人的诗，但当我们将“血糖”进行置换或转化，诗的当代感和深度，又将是别样的感觉。这首诗，也为我们书写日常生活，书写当代的繁杂与焦灼，提供了高品质的写作方法。

《霍金花园》，最大的隐喻就在这“霍金花园”，时空无须穿越，一切都在当下聚集，清晰而迷失。“水墨的月亮”“杀虫剂”“花儿与核弹”“虫洞”“词的灯笼”，这些词语既有原生意义，又浓缩当下的现实感，从不同的情境走到一起，彼此在相依中背离。诗性在现代文明面前遭受空前的危机，一切都在消解中建构，又在建构的同时再次深度消解。

对于欧阳江河，诗坛给予了诸多的标签，而在我看来，所有的标签都是片面的，比如知识分子写作、技术性写作等等。才华与智性，低处的人生与精神的高度，人性与神性，如此统一，并非只是他的写作，更是他的日常修为。他在诗的世界里，又把诗和世界装进自己的生命和心魂。

潘洗尘

1963 年生于黑龙江，当代诗人。有诗作入选普通高中语文课本和大学语文教材，作品曾被译为英、法、俄等多种文字，先后出版诗集、随笔集 12 部。曾主编《中国当代大学生诗选》等书系。曾任《星星》诗歌理论月刊等刊物执行主编、主编。2009 年以来先后创办并主编《诗歌 EMS》周刊、《读诗》《译诗》《评诗》等多种诗歌刊物。曾获《绿风》奔马奖、2016 年度中国十佳诗人等多种诗歌奖项。

潘洗尘诗三首

写在母亲离去后的第七十五个深夜

清晨洒进窗口的阳光
傍晚不肯离去的云
深夜散步时头顶的星空
睡熟后床头一直亮着的灯

甚至　每次我从梦中醒来
脸上都还留着母亲
手上的余温

我知道　母亲来看我的路
有千条万条

而我再次见到母亲的路

就只剩下一条

朋友

昨天　在南京

一大桌朋友吃饭

想不起话题是从哪儿开始的

浩波突然说

冼尘是个最大的骗子

你们看他这气色　这精神头儿

肯定是多年来

一直在装病

在写这首诗之前

我想了很多词

用来形容自己的内心

是多么喜欢浩波这样的朋友

但我现在一句都不想再说出来

我只是想

虽然自己用了大半生的时间

反对装　反对演

反对各种形式的谎

但这一次　我是多么希望

自己真的就是

浩波口中的
那个骗子

2018 年 11 月 5 日

无题

那棵高大茂密的樱桃树
就要把枝头探到床头了

回家的第一个晚上睡得并不好
但看着叶子间跳来跳去的鸟
我还是涌起阵阵欣喜

如果有一天能变成它们当中的一只
该有多好啊

我还可以继续在家中的花园飞绕
朋友们还可以时不时来坐坐

想到此　我好像真的就听到谁
手指树上说了一句　你们看
洗尘就落在那儿呢

2018 年 11 月 6 日

潘洗尘　**平常话语里的辽阔诗意**

潘洗尘是以说话的方式在写诗，将生活的气息与诗歌的审美统一起来，保持了生命的本真和诗的境界。我不认为诗应有“口水诗”“口语诗”的标签，诗，只有好诗与坏诗之别。能够从日常话语中发现词语的美感，其实更考验诗人的功力。许多时候，诗当如太极拳一样，力量都在不经意间。潘洗尘并非随意搬弄词语，而是精心地发掘平常词语中的内蕴之美，以平凡之态言说我们这个玄秘的世界。

潘洗尘的诗歌，是生命最本真的体现，仿佛是历尽磨难之后的转身，一切尽在喧哗后的平静。他的诗，很好读，也极感染人。

《写在母亲离去后的第七十五个深夜》，这是一首疼痛的诗，不是剧烈的疼痛，而是无时无处不在的疼痛。“我知道 / 母亲来看我的路/有千条万条/而我再次见到母亲的路/就只剩下一条”，这已不只是在思念母亲，还有对于生命的疼和痛。写故去亲人的诗很多，但诗人们常常囿于个体的悲戚，很难抵达我们共有的哀伤。潘洗尘这首诗既是他本人的心路，又是我们每个人共有的怀念。这样的“怀念”，还可是对往事的追想。

《朋友》，善意的谎言，总是温暖的。朋友，本就是用来相互取暖的。这首诗最接近日常话语，但诗人无招胜有招。“在写这首诗之前/我想了很多词/用来形容自己的内心”，这是这首诗中诗人的心境，其实也是诗人写诗的状态。反复考量，最终在最平实的词语中寻找诗意。

《无题》，诗人在自言自语，并坦露自己的奇异想法。诗人其实并不是真想做一只小鸟，而是希望自己总是能给别人带来快乐，也表达了自己不会被人遗忘的心思。这首诗如同小鸟一样轻盈，沉重的那部分在我们心头。

文如其人，诗人总会在自己的诗里，区别只在于显或隐，正或反。潘洗尘的诗不装腔作势，不卖弄，随意而平和的真诚，一如他本人一样亲和。写诗与做人，在他这里得到了互通互映。这在当下诗人中，其实是很难得的。他醉心于日常化词语和通俗化书写，正是对生命的敬重，对于人生的豁达参悟。某种程度上，神出鬼没、东躲西藏的诗，并不难写，真正难的是大俗之后的大雅，将丰厚的学养揉进平常之中。潘洗尘的诗，具有这样的品质。

荣荣

女，本名褚佩荣，1964 年 2 月出生于宁波，1984 年毕业于浙师大化学系。先后做过教师、公务员，现为《文学港》杂志社主编，宁波市作家协会主席，浙江省作协副主席。出版过多部诗集及散文随笔集等，曾获《诗刊》《诗歌月刊》《人民文学》《北京文学》等刊物年度诗歌奖，中国作家出版集团优秀作家贡献奖，全国第四届鲁迅文学奖等。

荣 荣 诗 三 首

心舍利

多少年了　她用黑夜追着他的星光
当他猜忌　挑剔　使小性子
她也正在猜忌　挑剔　使小性子
“神啊，愿他是完美的。
不猜忌。不挑剔。不使小性子。”
“神啊，如果这辈子他无法完美，
让我继续迷信他的不完美。
无限依恋他的猜忌，挑剔和小性子。”

水井巷

上午十点的水井巷像一只被阳光转动的万花筒
“你们女人就喜欢零碎！
小手势　片言只语的温暖
点滴的记忆或片段”
现在是满巷子的藏饰
看上去真的很美！
这是日常里朴素　廉价的部分
这个外省女子在这里拼凑着
对于西北的理解
她不喜欢讨价还价
但必须忍痛割爱　在生活的另一面
“我喜欢零碎　你就是我绝望的零碎！”

锈蚀

肉身的锈蚀始于一只酸疼的胳膊，
以及一只随意变换指向的手，
突然生成的盲区。
深夜你听到它骨头里刺耳的声响吗？
类似于久闭的木门在门脖上干涩地转动。
“也许缘于那次受寒。”
当羽绒被勉强窝藏起两颗胆战之心，

它整夜裸露着，并被忘记。
“不曾上心的事还是发生了。”
我给你短信：“我被衰老追上了。”
“从今后，我无法自由触摸的那部分肉体，
也仅是你青春的残羹。”

荣荣　生活本身的诗意

荣荣一直从生活的表面寻找深层次的意义，一切都是日常生活，包括自然而然的诗意。诗艺、审美，都提取自生活，或者说，都隐藏于生活之中。生活与诗，结合得如此本真，诗性不张扬，如同血液一样潜流。这是荣荣的高明之处，也是她的独特之处。

还原生活，萃取生活，注重叙事的本真和戏剧性，荣荣在写诗，更是在写生活。她的诗歌里，有真实可亲的人物，有包含深意的动作，有从生活而来的对话，有富于想象又很生活的画面。荣荣精心地捕捉生活的一个瞬间或几个片段，氛围、抒情和意蕴都在"小说结构"中生发和推进。

《心舍利》，这是内心活动，更是一步步走来的人生。这首诗很好读，很简洁，重复的词语和句式，让诗更具冲击力。无法改变，就学会接受，这是爱的力量，而非妥协与放弃。“爱”字没有出现，却写出了爱的精髓。要说的是，“她”的行为，与女性主义无关，因为在现实生活中，许多“他”也会如此。如果我们的阅读从两性之爱中走出，这首诗更具现实意义。

《水井巷》，荣荣看到了生活零碎的光芒和温暖，也就看到了零碎生活里的浅浅欢喜和淡淡快乐。生活本就是零碎的，有些是与生俱来的，有些是被人为打破的。这个外省女子为众人拼凑零碎，也是在为自己拼凑零碎。而诗人在这些零碎中感受到生活的价值和无为。

《锈蚀》，一次风寒，引发了胳膊的酸疼，从而感觉到生命的锈蚀与衰老。诗歌的叙述与生命的行走一样，呈现线性结构。所有的无奈在“我被衰老追上了”这句话里，而无奈之痛是人生最大的悲剧。鲜花凋谢，诗人自然伤怀，但更想到了所爱的人。或许，诗人在担心，肉体的锈蚀会让感情锈蚀。如此，无奈之中，开始弥漫淡淡的恐惧。

荣荣的诗歌里，两性常常同时在场，爱情成为叙事动力，诗人用心揣摩并持续书写。爱，在闪光，但也囿于困境。这是岁月之困境，人生之困境。由此，荣荣常常关注生活中的隐隐之痛和无处不在的疼，忧伤一直都在，但不消极。岁月是刀，荣荣的诗是刀，也是针线，缝合无从躲避的创伤。她的诗是生活之诗，让我们可以更好地品味人生。

三色堇

本名郑萍，山东人。写诗，画画，现居西安。中国作家协会会员、陕西省文学院签约作家。获得“天马散文诗”奖、“中国当代诗歌诗集奖”“杰出诗人奖”、《现代青年》、十佳诗人”等多项。有作品散见于《人民文学》《诗刊》等多种期刊。作品入选多种选本。出版诗集《南方的痕迹》《三色堇诗选》，散文诗诗集《悸动》等。现任《延河诗刊》副主编。

三色堇诗三首

和一位大师交谈

你来过，在夜晚
在一支香烟持续的闪烁中
我将目光靠近你的气息
靠近你深邃的思想和期待已久的对话

在“一切罪恶必得宽恕”中
你用“刹那间幸福的刺痛”教我辨识
世界的动与静，善与恶
混沌的大半生，怀着歉意的脸
缺失自信的脚步削减了人生的主题

我停顿在 147 页的语境里
“我和生活是同一模样”

一场风暴过后

我急切地想靠近夏天
不是因为汹涌的花香
而是因为那霹雳的闪电得以
一次次消灭席卷而来的黑暗

尘世之上心无杂念
只有清风盈袖
只有慢慢变暗的月亮停在矮墙之上
初夏，我正陷在一首诗里

紧紧捂住心头的裂痕
一场风暴过后
一滴水与另一滴水完成了彼此的叙述
天空留下的唯有黄昏里的一把旧摇椅

深秋

长安的榉树在赞美的目光中
又开始红了
树上鼓满了心事的果子
不知在秋天的掌上还有多远的路程

近处和远处的浮云
像突然掠过的一个深渊
当我在美景中冒失地撕开秋天的一角
那危险的词语便呼啸而过

我目睹了它的咄咄逼人
它的固执与灿烂
它喜欢用另一种方式接近自己
它沉默不语的样子就像我的爱人

十月开始慢慢想我
在橙色的夕阳中
如果它心情好就会多停一会儿
就会让榉树的心事爬满整个秋天

三色堇　一座奇幻的生活花园

三色堇的诗歌充满相当的不确定性，生活进入梦幻之境，梦幻讲述生活的真实。三色堇动用通灵的描述力，将复杂而难以准确表达的心灵活动，投射于画面和细节。一切真切可感可触，但这些形象中的情感和思想，又不停地飘忽。放弃直接的表露，给你一幅画，光影摇曳，或快或慢，可明或暗，或浓烈或散淡。三色堇以直觉之功，把意象作为思想依附物，让诗意弥漫于生活花园之中。

三色堇以诗歌在探求生命存在的意义，但又不只在意结果，而是不放过行程中的每一道风景及其背后的寓意。

读三色堇的诗，我们无须纠结于诗人想要表达什么，尊重自己的直接感受，自己读到了什么，就是什么。三色堇的诗歌写作，并非在给读者下达某个指令，或绑架读者的思维，而是重在熏染。

她以丰富性和多义性还读者自由，还原百味人生，呈现百感交集的斑驳，进而增加诗歌的空间和张力。

真实，是三色堇直面而又时而左顾右盼的存在。万物有各自的独特存在，有许多我们未知的情感和交流方式。三色堇以丰沛的情感和持续的好奇，与万物互为对方，既不放过每一丝纹理，又傲然于天马行空的想象。她是感性的，心动于人间沧桑，山水世相，任由激情似野马；她又是知性的，把哲理化于抒情和描摹里。

《和一位大师交谈》，深夜走来的，是智慧化身的男性，是另一个诗人自己，还是往日的生活？大师，本身就是一个似是而非的隐喻。我们每个人心中都有自己的大师，随着时间、空间和心境的变化，这大师也会随之而变。

“一场风暴过后 / 一滴水与另一滴水完成了彼此的叙述”（《一场风暴过后》），风暴被赋予别样的寓意。是的，风暴，可以改变我们有序的生活，修理大地，又滋养大地。或许我们满身伤痕，或许那些快乐或忧伤被风暴卷走或袭来，但我们常常会忽视风暴中的一滴水与另一滴水的故事。

《深秋》这首诗，浓缩了三色堇的诗歌个性。这是一座秋天里的花园，秋光秋风下，有金色的火焰，有黄色的冲动，有枯色的忧伤，但也有绿色的温柔。这座花园也是三色堇的诗歌花园，具实与想象、梦幻与日常，词语与万物一同生长。

三色堇没有过多的女性色彩，也不执着于姿态上的高远，而是沉醉在与诗神交流的状态。她以可贵的禀赋，将诗歌与生活统一于她心灵的模样。

沈苇

浙江湖州人，大学毕业后进疆，现居乌鲁木齐。著有诗集《沈苇诗选》、散文集《新疆词典》、评论集《正午的诗神》等20多部。获鲁迅文学奖、刘丽安诗歌奖、柔刚诗歌奖、十月文学奖、花地文学榜年度诗歌金奖、华语文学传媒大奖等。

沈 苇 诗 三 首

阳台上的女人

在干旱的阳台上，她种了几盆沙漠植物
她的美可能是有毒的，如同一株罂粟
但没有长出刺，更不会伤害一个路人
有几秒钟，我爱上了她
包括她脸上的倦容，她身后可能的男人和孩子
并不比一个浪子或酒鬼爱得热烈、持久
这个无名无姓的女人，被阳台虚构着
因为抽象，她属于看到她的任何一个人
她分送自己：一个眼神，一个拢发的动作
弯腰提起丝袜的姿势，迅速被空气蒸发
似乎发生在现实之外，与此情此景无关

只要我的手指能触抚到她内心的一点疼痛
我就轰响着全力向她推进
然而她的孤寂是一座坚不可摧的城堡
她的身体密闭着万种柔情
她的呼吸应和着远方、地平线、日落日升
莫非她仅仅是我胡思乱想中的一个闪念?
但我分明看见了她，这个阳台上的女人
还有那些奇异、野蛮的沙漠植物
她的性感，像吊兰垂挂下来，触及了地面
她的乳房，像两头小鹿，翻过栏杆
她的错误可以忽略不计
她的堕落拥有一架升天的木梯
她沉静无语，不发出一点鸟雀的叽喳
正在生活温暖的巢窝专心孵蛋
或者屏住呼吸和心跳，准备展翅去飞

2001 年

林中

落叶铺了一地
几声鸟鸣挂在树梢

一匹马站在阴影里，四蹄深陷寂静
而血管里仍是火在奔跑

风的斧子变得锋利，猛地砍了过来
一棵树的战栗迅速传遍整座林子

光线悄悄移走，熄灭一地金黄
紧接着，关闭天空的蓝

大地无言，雪就要落下来。此时此刻
没有一种忧伤比得上万物的克制和忍耐

2002 年

沙

数一数沙吧
就像你在恒河做过的那样
数一数大漠的浩瀚
数一数撒哈拉的魂灵
多么纯粹的沙，你是其中一粒
被自己放大，又归于细小、寂静
数一数沙吧
如果不是柽柳的提醒
空间已是时间
时间正在显现红海的地貌
西就是东，北就是南
埃及，就是印度

撒哈拉，就是塔里木

四个方向，汇聚成

此刻的一粒沙

你逃离家乡

逃离一滴水的跟随

却被一粒沙占有

数一数沙吧，直到

沙从你眼中夺眶而出

沙在你心里流泻不已……

2013 年

沈苇　大漠里，一个人的盛宴

作为诗人，沈苇是带着江南烟雨之心到西部大漠的淘金者。行走于苍茫，复活古老，滋润干风枯木，沈苇总是能在苍凉之中发现唯美，在悲伤中灵秀生命的蓬勃。反之亦然。他的诗歌贴着大地飞翔，意象如一滴墨在水中洇开，如一粒沙在阳光下既通透又神秘。他的孤独感是辽阔下的安静，他的玄想是细微里的神游。他的诗歌是大漠里的绿洲，是江南梦里一棵倒下千年的胡杨。

沈苇善于将奇异归向平常，在平常中注入神思，把诗的神性与人性都发挥到极致。这两种极致碰撞、融合，诗的生命得以绚烂，诗的力量得以强烈而绵长。

从江南到西部，让沈苇可以在另一种状态下参详生命。这样的状态是陌生的，但又常在心头幻现。环境并没有改变他，只是激活了灵魂里的蛰伏。《阳台上的女人》，这首诗可看成沈苇在西部的境遇与心之动思。女人还是女人，只因置身于西部，便大不相同。“在干旱的阳台上，她种了几盆沙漠植物”，这不一定是实况，或许只是西部的一种隐喻。因为西部，沈苇的诗情遇上了绝佳的释放方式；因为西部，沈苇的想象和抒发被奇妙地激扬。一切犹如神助。

沈苇的诗心经过风的酝酿、沙的冲刷，光芒四射。《林中》中的句子都堪称金句，神来之笔，令人叫绝。“一匹马站在阴影里，四蹄深陷寂静 / 而血管里仍是火在奔跑”，“风的斧子变得锋利，猛地砍了过来 / 一棵树的战栗迅速传遍整座林子”。这些是现实中的场景，又是诗人才情绘就的画面。尽管不乏抽象，明知想象力使然，我们还是如同亲眼所见。

越是空旷，就越密实；越是宏大，就越细微。这是中国式的哲学，也是生命的真切体验。沈苇在西部的空旷宏大中，更加关注世界的细枝末节，倾听生命的轻微颤动。“你逃离家乡 / 逃离一滴水的跟随 / 却被一粒沙占有”（《沙》），一滴水，一粒沙，入眼入心入诗，诗义的表达在诗里，诗味在诗人的心头。在我看来，因为对水对沙如此用心倾情，恰恰透露了诗人沈苇难以言说也不愿表白的孤独。

沈苇是一位多愁善感的诗人，真诚而又善良。这本是诗人都应有的心地和情感取向，然而现在的诗坛，如此的沈苇，其实已是异类。要读懂沈苇和他的诗，我们需要先诚实地读懂自己，并且是要主动地愿意如此这般。

树才

原名陈树才。诗人、翻译家，文学博士。1965 年生于浙江奉化。现就职于中国社科院外国文学研究所。已出版《单独者》《树才诗选》《节奏练习》《心动》《春天没有方向》《去来》等诗集，译著有《勒韦尔迪诗选》《夏尔诗选》《法国九人诗选》《杜弗的动与静》《小王子》《雅姆诗选》等。2017 年获十月诗歌奖。2008 年获法国政府“教育骑士”勋章。

树 才 诗 三 首

永远的海子

一位朋友，心里驮满了水，出了远门
一位朋友，边走边遥望火光，出了远门
一位朋友，最后一遍念叨亲人的名字，出了远门……
从此，他深深地躲进不死的心里。

他停顿的双目像田埂上的两个孔
他的名字，他的疼痛，变幻着生前的面容
噩耗，沿着铁轨传遍大地……
多少人因此得救！

兄弟，你不曾倒下，我们也还跪着

我们的家乡太浓厚，你怎么能长久品尝
我们的田野太肥沃，你刨一下，就是一把骨头……
你怎么能如此无情地碾碎时间？

你早年的梦必将实现，为此
你要把身后的路托付给我。像你，
我热爱劳动中的体温，泥土喷吐的花草……
我活着。但我要活到底。

你死时，传说，颜色很好
像太阳从另一个方向升起血泊
你的痛楚已遍布在密封的句子里
谁在触摸中颤抖，谁就此生有福！

1989年12月20日凌晨

安宁

我想写出此刻的安宁
我心中枯草一样驯服的安宁
被风吹送着一直升向天庭的安宁
我想写出这住宅小区的安宁
汽车开走了停车场空荡荡的安宁
儿童们奔跑奶奶们闲聊的安宁
我想写出这风中的清亮的安宁

草茎颤动着嗞嗞响的安宁
老人裤管里瘦骨的安宁
我想写出这泥地上湿乎乎的安宁
阳光铺出的淡黄色的安宁
断枝裂隙间干巴巴的安宁
我想写出这树影笼罩着的安宁
以及树影之外的安宁
以及天地间青蓝色的安宁
我这么想着没工夫再想别的
我这么想着一路都这么想着
占据我全身心的，就是这

2000 年 3 月于安宁

这枯瘦肉身

我该拿这枯瘦肉身
怎么办呢？

答案或决定权
似乎都不在我手中。

手心空寂，如这秋风
一吹，掌纹能不颤动？

太阳出来一晒，
落叶们都服服帖帖。

牵挂这尘世，只欠
一位母亲的温暖——

比火焰低调，比爱绵长，
挽留着这枯瘦肉身。

任你逃到哪里，房屋
仍把你囚于四墙。

只好看天，漫不经心，
天色可由不得你。

走着出家的路，
走着回家的路……

我该拿什么来比喻
我与这枯瘦肉身的关系呢？

一滴水？不。一片叶？
不。一朵云？也不！

也许只是一堆干柴，
落日未必能点燃它，

但一个温暖的眼神，
没准就能让它烧起来，

烧成灰，烧成尘，
沿着树梢，飞天上去……

2010 年 10 月 11 日

树才　收获生命的果实

树才是特别尊重“生命性”的诗人，坚信诗人必须回归天性，从个体出发，让诗活在脚步和心跳中。听从生命的节奏与召唤，从复杂到简单，再从简单到复杂，这当是树才诗歌创作的过程。触觉，是他诗歌的关键词。保持自我的在场，从纷繁世界接收而来的信息，散落于生命之弦所触发的感觉，便是诗，而树才只是收获者。因而，他的诗，是带有生命体温和灵魂之思的诗，个中的“复杂性”是私人化的原生，是生命富足的沉淀。

葆有个性，又竭力在个性中抵达众生，树才总是在充分认识自我的前提下，发出与世界对话的声音。如此，他的诗充满朴素的力量。

《永远的海子》，海子是诗人，更是爱与痛的化身。海子是一个时代的标志，更是人成长之路上的鲜血梅花。读懂海子，我们更可以读懂生命的战栗和新的黎明。这首诗，写出了树才对海子的怀念与感恩。海子的永远，既作为诗人的存在，又给予我们更慎重理解活着的意义。

《安宁》，诗中所有的“安宁”，都有各自“不安宁”的情绪。在这里，所谓的“安宁”只是声音的隐去，殊不知，空寂的天地和心空，是一切“安宁”的生发地和归宿。其实一切都在“不安宁”之中，又被“安宁”所征服或融化。这是一首哲理性很强的诗，又是一首隐喻人生的诗。

《这枯瘦肉身》，肉身枯瘦，是具象的，又是充满暗喻。在巨大的孤独和无助中，肉身如秋风中的干枝。没有爱或失去曾经的爱，再强壮的肉身，依然是枯瘦的。“温暖的眼神”，来自外界的注视，也可从内心生长。读这首诗，总会让我想起读过的无数的诗，如果诗中没有“温暖的眼神”，这些诗作也终究只是“枯瘦肉身”。

诗，是最接近生命的写作。这是很多诗人都在说的，但真正做到，并做得很好的诗人，并不多。就像写诗的人很多，真正的诗人，优秀的诗人，其实很少很少。树才从最初倡导“第三条道路写作”，到现在教孩子们写诗，其里所含的理念是一致的，这就是发现并张扬生命空灵的原动力。“童心即诗”“生命即诗”，诗只有真切地回到生命之中，成为生命的一部分，才具有与生命一样的色彩与力量。树人这位诗人的可贵之处，正在于此。

汤养宗

1959年生，闽东首府霞浦人，当代诗人。出版有诗集《去人间》《制秤者说》《一个人大摆宴席：汤养宗集1984—2015》等七种。曾获得鲁迅文学奖、福建省政府百花文艺奖、人民文学奖、中国年度最佳诗歌奖、《诗刊》年度诗歌奖、新时代诗论奖等奖项。

汤养宗诗三首

洗炭书

我一生都在一条河流里洗炭
十指黑黑。怎么洗，怎么黑。

我一生都在一条河流里洗炭
怎么黑，怎么洗。十指黑黑。

2016年5月1日

孤愤书

允许：心事浩茫，与菩萨聊天，转世，一错再错
不允许：偏安一隅，老是找不到床，不合身，憋屈
允许写下半篇文章便吐血而死
不允许看见日出便自认是赢家
允许：死在你手里，石沉江底，一笔勾销
不允许：一个人有三十六块国土，却死无葬身之地

2015 年 6 月 23 日

大水书

我命大水汤汤，大水头顶流淌
来自天之青藏，授我宗教，给大地主张
帝国的江河总是西发东流，立命，立言，立身
伏随大势，狮虎咆哮，日出东方
活命于万代水脉，仰望天恩潺潺
大水势同破竹，我命柔肠百转
我一世态度陡峭，一决再决，忙于倾泻
深信流水就是父母心，得水就是得道，向东方

2018 年 3 月 23 日

汤养宗　去人间在诗里修行

汤养宗的诗歌主观意识特别强烈，充满诗人独有的自信，具有无法阻挡的穿透力。如从大海中精心取出的一滴水，人生经验与生活哲学裹于其里，精致而极富奥义，又带有大海原生的磅礴之气。诗人鲜明地在场，带着浩荡之风冒犯常规，又将激情与冲动隐匿，沉着地打磨词语，不断提升书写的质量。

写诗，是以个性的方式与世界对话。汤养宗写诗，更多的是以自己的性情、参悟和积累，向世界言说，张扬自己的体察和判断。他的诗歌结构、精神内在，以及对现实的客观描写与夸张性的变异，具有辨识度很高的风格。

洗炭，既是一种简单、辛苦的劳作，也常被人用于表示无聊得无事可做。《洗炭书》，一幅简洁而完整的日常画面，其中之意比一般意义上的“洗炭”丰富得多。“十指黑黑。怎么洗，怎么黑。”“怎么黑，怎么洗。十指黑黑。”细节顺序的变化，建构了人生的两种状态。洗炭，炭越洗越黑，十指越黑黑，我们的人生又不能不洗炭。无奈而无解。这是极简的诗，然而极简的只是文字。阅读这首诗，我们怎么阅读，都值得深思。

《孤愤书》，“孤愤”当出自韩非所著的书篇名。《史记·老子韩非列传》：“﹝韩非﹞悲廉直不容于邪枉之臣，观往者得失之变，故做《孤愤》”。在这里，汤养宗更多的是对人生某些现实行为的愤怒。“允许”与“不允许”，同样霸气外露，这是激愤之能。

《大水书》，这首诗把中国水文化的要意进行了提炼和丰富，又对生命做出精到的阐释，读来酣畅淋漓。在我看来，这是汤养宗人生和诗歌行走的写照。这是一首不需要解读的诗，我们只需要用心读，用心聆听那大水汤汤。

汤养宗有一首诗为《去人间》，也有一部同名的诗集。他是在以诗人的名义去人间言道说禅，唤醒沉睡。这是他的勇敢和自信所在。同时，他也应该是觉得真正的诗人必须生活在人间，必须在人间营养诗歌。记得汤养宗曾说“写诗，是我做得最认真的一件事”，如此，写诗是他的重要生活。当一个人真正把诗歌当成生活的重要部分，并有足够的诗歌能力，那么，他的诗歌就值得我们认真阅读。汤养宗这位诗人，做到了。

吴友财

1982 年生于福建福清，福建省作家协会会员，《海峡诗人》副主编，反克诗群成员。作品散见于《诗刊》《星星》《青年文摘》等。著有诗集两部。现居福州。

吴 友 财 诗 三 首

光速

有些星星我们暂时看不见
——它们发出的光尚未抵达地球
我们看得到的星星有些已经不存在了
——我们凝视的只是它们曾经的光芒

我看着夜空
可是夜空并不是我看到的模样

我爱你
你也不是我看到的模样

出生帖

夏天
桑树生长的速度很快
虽然枝条细瘦
可是叶大，且密
足够无数的蚕啃食
然而已经太迟了
三月，一部分幸运的蚕
获得鲜嫩多汁的桑叶
出生得太早的蚕宝宝
有可能饿死
那些还没从冬天的严寒中熬过来的
桑树，被拦腰修剪掉的
桑树，柔韧的
桑树，它们拼命长出
几片可怜的绿叶
像伤口刚刚被缝合的母亲
喂养新生儿时的那种无力

启示录

“土都已经埋到我胸口了
还怕什么”

一个酗酒者如是说

“愿君勿采撷
此物最害人”
一个老父亲对幼小的女儿说

想起他们的时候
我正走在一条上坡的路上
天边一颗星星以微弱的光芒引领着我

无数的星星正在赶来的路上。我也知道
再多的星辰都不足以驱散一块巴掌大的黑暗
它们徒然而寂寞的燃烧究竟是为了什么？

吴友财　**安静里的声音**

吴友财的诗含清新之气，话语之美来自质朴之感，有如乡间小河的纯净与灵动。在嘈杂的诗坛，这样的诗是宁静的，但又常常引人注目。吸纳万物的声音，直视人间的躁动，将一切归于无声，只倾听心灵的波动。吴友财在生活里，又将生活揽于怀中，那些悠然而出的诗句，都经由性情的调和。别人在或亡命或撕扯地奔跑，他在淡然漫步。诉说中，有理性的光芒，心绪的萌动，更多的则在河面下的潜流里。

吴友财的诗歌，拥有不事张扬的生命力。读他的诗，如同从远处走向一片森林，那些低调的隐含，需要我们用心去体味。

《光速》，此时非此时，真实并不在眼前，这与光速有关，错觉总在我们身边。一切归于虚无，甚至我们就在虚无里生活。

在这里，哲学之意固然有，但忧伤是更大的情绪。只要我们在忧伤时，不要忘记那许多的“曾经”，身后的记忆，是生命的一部分，甚至是极其必要的支撑。

《出生帖》，这首诗，即使没有最后两句，我也认为是写母亲的。我总固执地认为，好的诗该有难以忘怀的画面。这样的画面，是我们情感的安放地，也是审美空间的无限驰骋。当然，这首诗不只是一幅画面、连续性的动作，还有诗人的想象，但一只蚕伏在鲜嫩的桑叶上，羸弱的蚕与光泽饱满的桑叶，成为母爱最形象的画面。

《启示录》，这首诗，最初是比对，以强烈的反差揭示生命在不同阶段的意识。前者的无畏与后者的有畏，其实有相通之处。我们还在沉思中结解，诗人却已经跳开，在旷野之中寻找星光的真意。诗人只在追问，而全然不顾我们的茫然。只要我们觉得每个人都是一点星光，那么诗人隐而不述的答案，人人都知道。

吴友财给予诗歌自有的生命，尊重每一种成长方式。如前所述，他的诗歌如乡间小河，安静地流淌，带着青草味和花香，带着人间烟火，滋养大地的同时，向自己的理想前行。你若走近，你的心跳就是河水的声音，你越心平气和，听到的水声越大，直到震耳欲聋。你若身处其中，必会纯净心魂。历史、当下、未来，人生、大自然，以及有生命或无生命的律动，都已被吴友财浑然于一体，在其诗田里自在生长。

西渡

诗人、诗歌批评家，清华大学中文系教授。1967 年 8 月生于浙江省浦江县。1985—1989 年就读于北京大学，其间开始写诗。20 世纪 90 年代以后兼事诗歌批评。大学毕业后长期从事编辑工作。2018 年调入清华大学。著有诗集《雪景中的柏拉图》《草之家》《连心锁》《鸟语林》《天使之箭》，诗论集《守望与倾听》《灵魂的未来》《壮烈风景》《读诗记》等。

西渡诗三首

同舟

——为森子而作

我热爱无人看守的风景
甚于人见人爱。我乐山，也乐水
最好是，山水相连。

谁渡我百年？谁家女子与我同船？
我从来不是一个好的划手。
且听春风载我于水上。

水波不勉力，也不尽责，
水波的一生只自如；如果我们的爱也如此，
否则它就是一支反向的桨。

执着的人不堪自渡。
我的船只信任波浪的势力，
从此岸到彼岸，从春到秋。

春秋，我们在此岸反复写信
给宠爱我们的梅花；在彼岸
我们的自我悬在雨丝风片，一只鹤飞跃的弧形。

风景是我的一支桨，诗是另一支。
有时我们写出的比我们高贵，
但我们写出的也叫我们高贵。

最得力的一支桨，不要误认爱情，
不信我的人会撞到南墙，
回头也不见岸。

比起舵手或桨手，我更爱靠近舷窗的位置。
翻动的酒帘如我的心动。
你说，风给我们的自由已经足够。

2015 年 11 月 18 日

星星锯开……

1

星星锯开，雪，这飞扬的信心之粉末
洒在马槽上空。天边外
圣婴降生的第一声啼哭，远远传来。

铁铲刮擦地面。有人在天上挖掘光。
房顶上，踩轮滑的天使小声说话。
骑马的人跑到旷野上，仰着脸。

2

这下垂的星体，扩大的冷，
她的双手几乎抱不住
这睡着的儿子，关闭了呼吸。

树林，这默祷的人群。
村庄，这圣歌的教堂。
旷野，这光的垂直的四壁。

2015 年 11 月 22 日

足荣村之夜

月亮升起来，榕树高大的树冠托举着它。
远处的烟火腾空，又迅速暗下去。在大陆的最南端我们相聚在一个不会第二次来到的地方。
我们的谈话停顿在半途，
我喝了一半的酒被服务员收走，
那是我刚刚敬过此地的神明的。

我们心愿中唯一的中秋之月，
今夜的月亮最遥远，最明亮，
离海最近。人们的谈话声低落下去时
可以听到海涛声；而天上人会看到
星星没入咫尺之间的海底。我们的家乡一直在下雨，
给我们的心中带来伤感。你坐在我身边，
和别人热烈地谈话，另一个你
却在担忧明天的分别。

这样的一生可以供我们几度相逢？
我们用眼神交换对世界的看法，
记住了彼此无意说过的话。
然后你离开，沿着自己的轨道。
我也回到北方的无月之夜。
这样的人间将被我们记住。

从今后，我不再写关于月亮的诗。
当他们争相向海边走去时，
我抬起头来看看月亮，
我不知道身边坐着哪一个你，
是那个哭泣的孩子，
还是这个在波浪上欢快地飞行的人。

2015 年 10 月 6 日

西渡　你我之间丰盈或空白

西渡是位“共语式”的诗人，以词语与世界建立联系。面对面的倾诉、与近处或远方的景、人的对话，都是他一个人在言说。他所在的环境，是自然的，也是他想象的。在这既有自我私语又有众声喧哗的完整话语系统中，西渡更倾向于“你”的在场，这个“你”，是诗人心中的女神，也是爱的代名词，更是人间的某种指称。诗人与“你”之间，是庞大的语言场域，那些空白，也是存在的一种形式，更暗藏另一个世界。如此，词语走在世界里，又营建了另一个世界。

诚然，西渡喜抒情，且多抒男女之情。这是爱的原始效应，更得益于他内心对爱的重视和认真。因为这份爱，他的诗总是充满“温暖的力量”。

《同舟》，一条船承载爱情，也开启了新的命运。在这里，诗人既浪漫又相当理性。风景是桨，诗是桨，其实说的是命运听从于大自然和我们的内心。无常的水势，等同于生命行走时会有无限的变数。这一切，都无关紧要，有如风一样的自由，便足够了。这首诗表达了诗人之于爱的信心，更写出了诗人对于生命的敬畏和从容。

《星星锯开……》，星星为锯，多么奇特的想象。在这样的夜晚，天空散落白天的记忆或睡梦中的现实。这样的意境，不需要解读，用心感受就行。无论心空如夜空，夜空占领了心空，还是心空与夜空间有某种对立或默契，世界呈现我们陌生的一面，又当是我们灵魂中最为熟悉或向往的时刻。“她的双手几乎抱不住 / 这睡着的儿子，关闭了呼吸。”因孤独而来的寒冷，让她无力。这其实是我们共有的虚弱。

《足荣村之夜》，相遇，意味着分离的开始。足荣村，是一个地点，也是一份记忆的鲜活与尘封的载体。一座村庄，一个夜晚，空间与时间相互浸染。而村庄与夜晚又具文化和心理上的指向，纯朴的、安静的，我们心灵的故乡。想念，有欢喜和忧伤，但也是我们心灵家园的必备之情。

西渡诗的抒情，是具体的，又具弥漫无处不在的意象性；精准于爱情，又生发人生之况味。因此，西渡是以爱情为切入点，探讨人生，让生命哲学饱含浓浓的爱意。读他的诗，常常可以让我们能顺利渡河，抵达彼岸。

向以鲜
诗人，四川大学教授。有诗集及著述多种，获诗歌和学术嘉奖多次。20 世纪八九十年代与同人先后创立《红旗》《王朝》《象罔》等民间诗刊。

向 以 鲜 诗 三 首

撒哈拉的甘露店

我想在撒哈拉开一家
甘露店，夜晚只卖
秦朝明月汉代的茶

我的顾客，除了骆驼
饥饿的狼群，还有
偶尔造访的诗人

我想在撒哈拉开一家
甘露店，白天只卖
唐朝热泪宋朝的冷

我要从砂砾中挤出春天
从白骨的河床上刮落
唯一的甘甜

蜂蜜与柚子

蜂蜜与柚子在一起
故乡茶和异乡的盐在一起
雪山和寂寞英雄在一起
玻璃泪和灯火在一起

舌头记住了信仰的蜂蜜
鬼袖子带走万山柚子

竹叶青

杯中的竹叶
自上而下
弯弯曲曲的痕迹
似乎在提醒人们
还有一枝竹叶
也很青
却狠毒

向以鲜　**短的厚实与力度**

向以鲜写过许多优秀的长诗，比如《我的孔子》等。长诗考验诗人的心灵气象与智慧耐力，因而，许多诗人是无力触碰长诗写作的。

向以鲜是教授，对诗学有极深的研究和极广泛的言说，是为数不多的将写诗与论诗结合得很好的诗人。

如此，向以鲜的诗有着我们想象中的浓郁诗意和极强的爆发力，能挟裹我们的思绪，又足够让我们品味。

《撒哈拉的甘露店》《蜂蜜与柚子》和《竹叶青》，这三首诗极短，按向以鲜提供的原样排序，一首诗比一首短。从他的诗歌世界看，仿佛一把剑迎面而来，巨大之后，一切的杀伤力都在那极小的尖上。

诗短，但短得有重量、有力量。

在极狭小的空间里，世界被浓缩，诗的力量呈挤压式的存在。更为重要的是，两种不同的事物及状态同时在场，这是对比，也是一种暗示。诗人在中间，左顾右盼，左想右思。不，诗人沉默地呈现，其他的交由阅读者。

这是三首无须确切解读的短诗，若有若无、或虚或实地冥想，在飘忽不定中进入阅读，而后抽身而出。当我们身处不同的情境，阅读这极短的诗，获取的感受是完全不同的。这个时候，这极短的诗，会点中我们的某个穴位，抓住我们某个神经的末梢。比如此刻，我被“故乡茶和异乡的盐在一起”这句击中了，说不清为什么，但让我先激动后安静，先云游天地，后如同坐在墙根下，那阳光洒在我身上，又不属于我。

小箭

本名郑建，诗歌发表在《诗歌月刊》《汉诗》《诗林》等刊物，并有作品入选《诗选刊》《湖北十年诗选》《诗生活年选》等十几个选本。诗集《消失的瞬间》入选“湖北省青年作家文丛”“《湖北日报》湖北新锐作家展评”，获“湖北省文艺楚天奖”一等奖、“中国冶金文学奖”一等奖。

小 箭 诗 三 首

出走

父亲失踪了
据说是出走
整整一天
他养的吊兰快耷耷的
我浇水，剪枝
看着母亲慌进慌出
絮絮叨叨不停
她说这老家伙
死了倒好
下午父亲回来
说是回家路上

走岔了路
母亲像在望一个做错事的孩子
突然显得那么苍老

距离

一个人时
我害怕空旷的场地
我害怕有人来
摆一把椅子
他可以运来水泥、沙土，甚至钢筋
可是他搬来一把椅子
小心翼翼地坐在上面，眼光
温良和安顺
他不理我
有时候他也会说
你怎么会
也在这里

车到武汉

广播说
已到武汉站

老王提示我
望窗外
很多年前
落榜的书生
有刀疤的盐贩
都是在这个时候看看天
然后急急上路
赶回去
朝霞不出门
晚霞行千里

小箭　**拥抱生活现场**

质朴的诗好写，但要质朴中流动诗意，不是一件容易的事。这三首诗有质朴之美，有质朴之情，进而生长质朴之诗性。

让诗歌深度进入日常生活，是诗人的诗力，也是诗歌得以长久的必经之路。诗人小箭在平实中截取生活的细微片段，书写出极强的画面感。生活的画面与艺术意象融为一体，深深揳进我们内心。如此的诗歌力量，渗透着中国传统诗歌的意蕴，又极富时代的现实感。

父亲出走，是意图挣脱某种困惑或冲破某种困境。我们的日常生活，是人生的常态，但何况不是束缚我们灵魂的枷锁。从早已习惯的生活中逃离，是一次抗争。巴西作家若昂·吉马朗埃斯·罗萨的小说《河的第三条岸》的父亲也是如此。本分的父亲某天忽然异想天开，他为自己打造了一条结实的小船，挥手告别家人，走向离家不远的一条大河。不是远行也不是逃离，而是独自一人驾舟在河流上漂荡，只需儿子送来食物，别无他求。家人想尽办法让他重返故土，但他依然故我。最终，已经白发染鬓的儿子对他隔岸发誓：只要他回来，一定继承父亲未竟的事业。父亲兴高采烈地向岸边靠近，可是儿子却实在无法忍受仿佛来自天外的父亲形象，在恐惧中落荒而逃。父亲从此再也没有出现过。

不同的是，在小箭的诗中，父亲回来了。再次回来，是回归，也是遭遇失败。这种失败，是对自己的失望，又何尝不是对生活的妥协。儿子的行为，则是一种传承与坚守。父亲走了，儿子接过了父亲的角色与责任，这与罗萨笔下的父亲是相似的。同样，作家与诗人笔下的母亲更多的都是一种不理解。这其实是值得我们细细思量的。

《出走》是一首具备叙事性质的诗，故事中有生活的质感又富有戏剧性。可我更愿意把这首诗看作人类的一个难以摸得透的哲学课题，其中具体而又抽象地描摹我们的人生困惑。

诗人小箭一直在生活现场，诗中显现强烈的在场感。《距离》《车到武汉》以及其众多诗作，都是回到生活的一个瞬间或场景，短小精悍，意味深长。

一首从日常生活切入的诗歌，为我们带来了数幅熟悉而又极具想象空间的画面。而其里的意味，看似显现，又能让我们反复品味。

一首短短的诗，平常之中富含浓郁的意味。这当是诗歌的一种不可小视的力量。

让诗歌与日常生活亲密相处，不仅是一种态度、一种精神，更是一种能力。小箭以自己的诗歌理想，努力着。

谢克强

1947年生，湖北黄冈人。著有诗集、散文诗集《孤旅》《艺术之光》《湖北作家文库谢克强卷》《断章》《母亲河》等十六部，《谢克强文集》八卷。有诗人选《中国新诗百年诗选》《中国新诗百年诗志》《中国散文诗百年经典》等多部诗选。《断章》获新时期优秀散文诗集奖。

谢克强诗三首

寻找词的光芒

这是寒冬的一个夜晚
上帝也早已休息
可我的笔却醒着
醒着的还有桌上的台灯
那是我的另一只眼睛

骤然将房门关紧
孤独　是另一扇窗户
欲要洞悉世界
可台灯却沉湎于夜色
似乎更加注意

审视内心

生命之轻　让我有些气喘
心　却比冬夜还要宁静
为抵御风的侵蚀
我拈一片旧日的时光
泡入新茶
不想在杯子升腾的热气里
灵感骤然而至

奔腾的血戛然而止
于是　我走进词的旷野
在旷野一片苍茫里
寻找词的光芒
照亮夜

一个词

它在流浪　它一直在流浪
在我的笔没有遇到它之前
它一直在时间与空间　流浪

它之所以选择流浪
就是选择自己掌握自己的命运
或者　选择历经沧桑

亦如我选择诗

它知道一个词的生命价值
它之所以选择流浪　其实
就是选择一处适当的位置
彰显思想与艺术

它在流浪　我的笔也在流浪
像思想的弦拉响时间的小提琴
一个诗人倍感幸运的事　就是
一支笔与一个词的邂逅

只有那时　诗人和词才找到
属于自己的光芒

一群动词

一群动词
一群欢蹦乱跳的动词
没等我打开灵感的门扉
它们就破门而入
挤了进来

这些欢蹦乱跳的家伙
仿佛为了显示自己的力量

一个个争先恐后
跑到我摊开的稿纸上
抢占自己的位置

它们不仅年轻力壮
更是精力充沛激情高涨
惹得我搁置已久的笔
也骤然醒来　渴望
入木三分

剔尽多余的修辞
不只是让文字更简洁一些
更想以词的张力与神性
浓缩更多更深的意蕴
跃居更高的境界

谢克强 **在诗的内部遇见**

谢克强的诗歌写作是“寻找式”的，寻找与生活的体验或某种心绪契合的诗性表达，寻找词语中隐藏的心灵密码。他以情感为内驱力，一切从抒情起步，保持真情实感的火焰。从这一意义上说，他所有的诗都是抒情诗。同时，抒情又是他进入诗意世界的向导，回味人生，收获智性，才是他一次次与诗行走的路标。因为有了智性的支撑，谢克强的诗歌既打动了我们的心魂，又为我们带来了深刻的哲思体悟。

《寻找词的光芒》，诗人整理心情，回到自我的世界。内心宁静、通达，便能发现存在的诗意。这是写诗前的入定，更是离开纷扰生活现场，与灵魂进行交流。看似是诗人写诗的状态调整，其实暗含一种人生态度。词有光芒，我们每个人也有自带的光芒。

人生的本质都是在寻找，只是我们常常握住了一些无意义的东西，而对珍贵的那些视而不见，或在寻找的过程中，搞丢了初心。我们总是盯着绚丽，而体味不到那些微弱的光芒之美。

《一个词》，一个词，一个人，词就是人，人就是词。生存都是流浪，都在寻找栖息之地。生活中有诗意，关键在于我们要用心感受。诗人有只属于自己的诗，不是写出的，而是生命的自然呼吸。每个词都是有生命的，有情感的，都在等待自己希望等待的人。能够相遇，不是机缘，而是彼此的怦然心动。

世界是动态的，包括那些静止的存在。无论我们处于什么样的情势之下，生活总会扑面而来。快乐与悲伤，幸运与错失，喧嚣与寂寞。《一群动词》，直观展示了诗人写诗的方法，“剔尽多余的修辞 / 不只是让文字更简洁一些 / 更想以词的张力与神性 / 浓缩更多更深的意蕴 / 跃居更高的境界”。生活中的欲望、情感和一切有意味的，就像这些动词一样涌过来。如此置换后的阅读，这首诗更有其深意。

作为写作数十年的诗人，谢克强对抒情有着极强的掌控力，竭力开掘诗歌的诗意化智性。他一直坚守“在诗歌内部写诗”这一创作理想，尊重诗的纯度，寻找诗之所以为诗的光芒。他总是在生活中生活，在生活中与诗相遇，在诗中寻找生活的秘密。

徐敬亚

1949年生。著有诗集《徐敬亚诗选》、评论集《崛起的诗群》、随笔集《不原谅历史》等。曾获第三代诗歌“终身成就奖”。

徐敬亚诗三首

罪人

当第一声喝问，匕首一样投进人群
“罪人”——两个字，何等惊心！

当第一个罪人被拖出家门
无名的愤恨，咆哮着四处翻滚……

当第二块黑牌挂上了罪人的脖颈
恐怖的阴影，无声地爬向六故三亲

当食指突然指向了第三个脑门
台下，战战兢兢地浮动出一片家族索引

当第四个高帽又找到了主人

虔诚的孩子们，慢慢低头思忖

每当台上增加了一个罪人
台下，就减少了一片狂欢的声音

当会场上响起无数次审讯
人群，已开始交头接耳地议论

当台上出现了第五、第六……第一百个罪人
台上和台下，互相无声地交换着眼神

当台上跪满了黑压压的人群
罪人们，已经把手臂挽得紧紧！

每当台上增加一个罪人
台下，就出现十个叛逆的灵魂

历史的天平……一寸一寸，被扭歪着嘴唇
一天，又一天——它，突然一个翻身！

1978 年　长春

山墓

一个年纪轻轻的人，忍着疼

走到这里，最后一次
望着远方，忽然
化成一阵风

树叶，哗哗响
坟草青青

一定是爱笑的人！才能
穿过茫茫岁月
把一根根头发化成青草
钻出地面，像微笑
轻轻拂动

一定是爱动的人！忍住
生的愿望，伸出
滴血的手，不情愿地
倒在厚厚的木板上
每天清晨，传来
一阵阵敲击声

哪一片土地也不愿
覆盖年轻的人
杀死你的人，用枪
阻挡了青春，却
用死
封存了
你的年龄

每年一次
墓碑把图章按入大地
圆形的宫殿里
灯光亮起
你站起来，伸一伸腰
又埋下头，去做
谁也不知道的事情

1983 年夏于松花湖
2018 年春改

高原狮吼

一声比一声更猛烈的
是我的喘息。高原啊，你
正沿着血管
从内部攻打我
每一枪都击中太阳穴，天空蹦跳
擂鼓者用肋骨敲击我的心脏

我怎么敢向你发出挑战
怎么配做你的对手
每一寸平坦里，你都暗藏着
云中的尖峰
连绵起伏的剑法，太极拳一样

遥远而柔韧
还没有登上你的拳台
我已经累坏了

充满了深度的威胁，天空湛蓝
埋伏了千军万马的高原啊
给我力气吧，也许
我不应该越过自己的界限
你用一次次的上升
远离我的窥视，惩罚我
每一根草都扇动起鹰的翅膀

升起来了，从四面八方
满天的狮群向我滚滚奔来
鬃毛抖动，牙齿呼啸
头顶上滑过一道道圆形的闪电

顶礼，高原
顶礼，永在我之上的土地
天空湛蓝，天堂端坐
远方
比寂静更寂静
比寂静更缺少声音

2008年6月21日于深圳

徐敬亚　**自我拯救的那个“我”**

徐敬亚属于“打开型”的诗人，让诗这位开门人打开自己，打开那些隐蔽的、潮湿的、黑暗的、混乱的，甚至是无可名状的存在。这些存在，由外界而来，击中他柔软和正直之心。将不平之愤和呐喊之怒压进枪膛，良知扣动扳机，诗呼啸而出。对我们而言，这些诗如子弹，而之于徐敬亚，这些诗是他从心头拔出的刺，带着灵魂的体温、颤抖中滴下的血以及难以抑制的疼痛。

坦露内心的悲伤、纠结和激愤，直面当下世界，悲悯弱势人生。徐敬亚常常是以死亡为镜，以不平为怒，思考在诗里，挣扎在诗里，精神的力量点亮诗的品质。他的诗确有不吐不快的动因，但更多的目的在于自我拯救，并试图引起世人的警觉和苏醒。

《罪人》，从麻木的看客到骚动的身影，继而出现越来越多的“叛逆的灵魂”，“罪人”是导火索。其实，点燃这导火索的，才是真正的罪人。徐敬亚道出历史的规律，毫不留情地揪出罪人的真身。

《山墓》，一个年轻的生命遭受虐杀或者怨杀，墓成为大地的一部分，碑挺拔一种精神。这碑也立在我们的额头，如图章般印在我们心上。“你站起来，伸一伸腰 / 又埋下头，去做 / 谁也不知道的事情”，这是逝去的那个“你”，也会是无数个注视或想起这块碑的“你”。

《高原狮吼》，在大地的最高处，狮吼是大地的延伸，离天空最近。这样雄烈的吼叫，撕破黑暗，让干净者敬畏，肮脏者胆寒。世界需要这样的吼叫荡涤，我们需要这吼叫的力量注入心魂。徐敬亚赞扬这吼叫的同时，努力让自己也能发出这般的“狮吼”。他坚信，有了这样的狮吼，之后的寂静里，当是美好的。

徐敬亚的诗，具有特殊的“见证力”，某个瞬间的图景连同诗人的心迹，共同构成有关历史的记忆和人性的纹理。他坚信自己在重大事件和日常生活中的直觉，并以此作为诗的种子。他的写诗，是一个自省的过程，寻找内在的缺失和遮蔽。如果他手中有一把刀，那也一定是两端都开刃的双头尖刀，一头对准着自己，一头向外。他自我拯救的那个“我”，首先是他，然后推及我们。因而，我们遇见了一位先勇敢解剖自己再“狮吼”的诗人。

阎安

本名阎延安，生于 1965 年，现居西安。中国作家协会会员，中国作家协会诗歌委员会全国委员，现任陕西省作家协会党组成员、副主席，陕西省诗歌委员会主任，《延河》文学杂志社社长兼执行主编。1987 年开始文学创作，先后出版个人专著《与蜘蛛同在的大地》《自然主义者的庄园》等十余部，部分作品被译成英语、俄语、日语、韩语、克罗地亚语。2014 年，诗集《整理石头》获第六届鲁迅文学奖诗歌奖。

阎 安 诗 三 首

对峙之美

我不是一个简陋的自然主义者
就是说我不是一只蜜蜂　或者一条河流
我不是赶着花期或汛期
去接近世界濒临崩溃的目标的人
我是手握铁镐的人
我是手握一把碎玻璃的人
我是手握一把因为使用太久而闪闪发亮的铁镐
走走停停　一直在选择和丈量地方
一直在挖掘大地和它在远方的沉默的人
我在旧宅院和荒凉地带撒下一把碎玻璃
像在未经识别的恒星上撒下一把种子

我在没有被蚯蚓耕耘过的沙地上挖掘
我在没有被树根腐蚀过的盐碱地上挖掘
我在波涛拍打过的海边荒地上挖掘
我在星空下　在黑暗
使世界变得更加深沉或莫测的地方
有时我失去了挖掘的耐心
像撒下一把种子一样撒下碎玻璃

最终　我也在自己之中挖掘
在身体中　在生与死已暗中通融的地带
我挖掘出另一个星空
和属于该星空的那些奇异的碎屑和垃圾
那些仿佛碎玻璃一样难以驯服的碎片
不为别的　只为亲眼目睹
它与头顶的星空之河
那种棉絮般难以澄清的默契
或者对峙之美

生活在祖国远方的石头

你要向后退去　在祖国的远方
你要像去隐居一样向着大地的纵深后退
先去看看那些把时间变得七零八落的石头
它们倒栽葱似的插在沙地里
或者以整座山　以古老峡谷中悬崖的巍峨

隐居于中国北方的偏远之地
或者南方茂盛的树林子里

那是比一只狼和一片树林子
更早地到来　守着山岗和河谷
仿佛时间中的使者般的石头

那是狼和树林子
被沉默的风一片一片啃噬殆尽之后
依然固守在旷野和荒凉中的石头
它的饥渴和沙漠的饥渴一样深
它的饥渴和一口废弃的水井一样深
它的饥渴像一座帐篷
已在一座沙丘上
或者一个恐龙喝过水的湖泊边彻底颓废
一览无余

那是沉默的风和高于河流的流水
偷偷地从宇宙中运来的石头
有时候它们与河流同行　更多的时候
它们喜欢滞留在原始地带
人还来不及移动巨石另作他用的地带
任河流独自远去
或者像梦游者一样消失在远处

像一只冷峻的时间之鸟
把自己的飞翔之梦凝固在时间的心脏上

生活在祖国远方的石头
向后退　像隐居一样地向后退
你将会不虚此行　与它们猝然相遇

自然主义者

如果我要写钢筋穿透了建筑工人的胸腔
我就写岩浆和它内部火焰深处的秘密气孔

如果我要写怪物般生长的城市和楼群
我就写无名的山脉和它上面吃煎饼一样吞月的天狗

如果我要写汽车尾气和雾霾
我就写旧社会吃多了罂粟的牛在村庄里拉屎

如果我要写堆积着碎玻璃、旧皮革和废塑料的垃圾场
我就写吃了砒霜和秤砣的人
像乌鸦一样四脚朝天死在旷野上

阎安　一直在场的旁观者

阎安在诗中的“旁观者”身份是显而易见的，但非冷眼旁观。在日常生活现场，他深度参与的同时，总能保持自身的独立性和不受干扰的观察。远离人群，走进旷野，万籁俱静无人烟之时，他的胸膛里装满整个人间。如此，阎安沉浸于生活中，感受和积蓄人情世故，做用心的聆听者；又常在更广阔的时空，将自我精神与世间身影进行重叠、分离，直到形成高处俯瞰、低处参详的叙述。

贴近大自然，将我们常见的事物陌生化，唤醒日常生活经验之外的性灵，让那些沉默之物发出声音，这是阎安诗的重要特征。然而，这恰恰是我们内心的某种隐秘。

《对峙之美》，潜入世界的内部，涉足无人地带，阎安不停地挖掘和打捞那些被我们遗忘甚至是在我们经验之外的存在和精神。没有人类足迹的地方，完全属于大自然，也是人之初。在这里，对峙当然有对抗之意。那把铁镐是农具，也是兵器，碎玻璃，是这个世界崩塌之形象。不为眼前世相所迷，不顺从于既定的思维和认定，执着地掘进和寻找，这才是精神者的行走，也是自省意识的外在实践。

《生活在祖国远方的石头》，在远方，在边缘，沉默者隐居抑或被漠视。当我们视石头为一个巨大的象征或隐喻之时，这首诗苍凉之中的温暖便如石头上的阳光，冷峻叙述之中的关怀与愤慨，不再沉默。对于诗人阎安而言，时常让自己回到与石头一样的状态，静坐于人间偏僻处仰望天空。如此关注石头，是一种哲学行为，更是阎安之于世界的解构。或许，我们只有把这样的石头拥在怀里，生命和与生命相随的精神才会在柔软之中坚挺。

《自然主义者》，这是反讽，也是责问，更是敬畏。万物均为自然，人，也不能例外。阎安在警醒我们，一切都与自然有关联。丧失自然性，人类已非人类。阎安携人格与精神立于山顶，但他的心与大地相连。目光向下，不是居高临下，而是灵魂自发的姿态。其实，我们不需要有意识地做自然主义者，老实地回到内心，感恩与我们肉身一样的自然，是本分，也是境界。

巨大的反差性，是阎安诗歌的基本品质。之于他，反差是观察的动机、过程和结果。但反差不是对立或抗衡，而是在寻找另一种宏大。是的，阎安的写作一直是在动态中寻找永恒。

颜梅玖

笔名玉上烟。现居宁波，中国作家协会会员，供职于宁波未来作家报。著有诗集《玉上烟诗选》《大海一再后退》以及诗合集《玻璃转门》。2010 年获评《现代青年》读者最喜欢的十大当代诗人；2015 年，获人民文学诗歌奖；2016 年获辽宁文学奖；2017 年获“第二届十大好诗”奖和首届海燕诗歌奖；2018 年获诗探索“新锐女诗人二十家”等。

颜 梅 玖 诗 三 首

怀疑之诗

那些点燃田野的油菜花
一片金光闪闪的大海
它们无声的奔腾是真的吗？

香樟树的叶子被雨撞落了一地
在对抗和逃离的欲望之间
它们闪烁不定的飞翔是真的吗？

疾飞的鸟儿彼此热烈地叫唤
这纯粹的交谈在我的大脑中停留了三秒
那愉悦的停顿是真的吗？

乌桕果炸开，像一树灰白的念头
此刻它们组成了天空的美学部分
这沉默的诉求是真的吗？

倒在无花果树下的奥古斯丁
终于拔掉了情欲的荆棘
他痛哭流涕的绝望是真的吗？

河水消失在河床中
如果消逝才能成为真正的存在
存在又是真的吗？

我充满怀疑的对视
像雨水一样把自己淹没
我的满腹怀疑是真的吗？

唯一可以确定的是
我身上那件古旧的，铅灰色衣衫

读茨维塔耶娃

她拿出了自己亲手编织的绳套。她看了一眼乌云
下的叶拉布加镇
“我可以动用祖国给我的唯一权利。”她想

她把脖子伸进了绳套。卡马河依然平静地流淌
而俄罗斯整个儿滑进了她的阴影里

落日之歌

它旋转着它的浑圆、金黄
稳稳地跃入大海平静的胸口

它有无限次的轮回
消失，只是一种行为艺术

它完全掌握了这门伟大的技艺

如果我为它写下墓志铭：
完美的典范或一个圆满的谎言

真相是：如果抽去它的金黄
它就是灰白的光晕

事实上，我们心中曾经有过的那轮金黄
剩余的光晕也渐渐消失

多少时日白白熬过，多少光线偏离了内心
多少果子腐烂、宴席散尽，多少姓名地址一笔抹去

只有死亡依然在窥视着我们

颜梅玖　**怀疑，唯一的真实**

颜梅玖长于叙述，呈现生活的某个场景或剖面，描写思想追问的行走。其叙述力量在于悄然动用了词语的张力，对或浮现或隐秘的生活进行绵里藏针式的追问。质疑，是诗人颜梅玖自信的特权。颜梅玖的诗歌立足于具象的存在，敢于冒犯我们习以为常的真实，在多变的节奏和细致的反思中，加入我们思维深处的混乱与惆怅，从而实现了作为诗歌所特有的尖锐与精准。

《怀疑之诗》，诗人所描述的景象，是存在的，但又携带个人的情感或想象。我们所看到的事物，有光线的作用，也有个人心绪的参与。世界有自己的真实，而我们无法真正面对，只能想当然地活在其中。如果我们认为诗人的描写，有拟人化的意味，那么此诗就映射了人间的种种错觉。诗人的一次次提问，力量在过程中，结果无关紧要。“唯一可以确定的是 / 我身上那件古旧的，铅灰色衣衫”，这样的确定，其实也是值得怀疑的。

《读茨维塔耶娃》，几乎没有诗人的主观在场，尽可能客观地讲述一个故事，描述人物的动作。这首诗所有的疑惑都在“她的阴影里”，“阴影”不但是黑暗之都，也是心灵上的伤疤。无比真实的茨维塔耶娃离开了，只留下那些虚伪的以及种种不确定性的言说。

《落日之歌》，在有关“落日”主题中，这是较具震撼力的一首诗。落日，不再是意象，而是我们挥之不去的实在境况。曾经的往事以及当下的感受和得失，都令人恍惚。落日，其实是人生的一个节点或暮年。回首、眺望或此时的思考，既迷茫、忧伤，又虚无缥缈。我们难以洞悉人世沧桑和生命的色彩，唯一真切存在的，是“只有死亡依然在窥视着我们”。

颜梅玖对事物进行拆解，然后以自身的思考进行重新生成。对此，无论直接牵引叙述，还是有意隐藏自己，其实她一直都在。她的诗歌常常表面上散乱、破碎，但内在有着统一的整体。这一如我们的人生。她的诗歌，带着她如实的精神和独有的智性，给那些经她叙述的事物增加了锐性。作为诗人，颜梅玖既敢于对抗一切秩序，无视固有的存在，但又尊重诗歌精神，饱满文化状态，勇敢正视自我，怀疑世界的同时，不断怀疑自己，理性地增强诗歌的表现力。

杨克

现居广州。出版《杨克的诗》《我说出了风的形状》等11部中文诗集、4部散文随笔集和1本文集，出版8种外语诗集。诗文收入《中国新文学大系》等400种选本。主编《〈他们〉10年诗歌选》《给孩子的100首新诗》等。获英国“剑桥徐志摩诗歌奖”等外国、中国大陆和台湾文学奖十多种。现为中国作家协会主席团委员，中国作协诗歌委员会副主任、中国诗歌学会副会长，云山讲座教授。

杨克诗三首

新桃花源记

灼灼桃花
像一滴滴溅在树上的
爱情的血

少年鲜衣怒马，举步生风
辜负了夹岸的粉颜
枝头上环佩叮当，招摇十里春风
一朵红，黯淡了千山

仗剑天涯的翩翩公子
拱手一别，花开花谢孤寂千年

直至桨声咿呀
葛衣麻巾的武陵渔郎，摇醒
别有洞天的世外桃源
哪一抹笑靥，是转世的桃花
哪一步盛放的，是前世的羁绊

桃花劫桃花债，命犯桃花
涉水复涉水，逃逃逃，逃到烟之外
春风江路上，不觉到仙家
桃花髻桃花腮桃花眼
终于安心这不寻常的山水
桃花的精魂月白风清
飘洒遁世了无牵挂

而今武陵溪上，骤见你临水妆梳
桃花乱落如红雨
问津亭，豁然台
姑娘含羞，桃花也含羞
触碰了我内心的那一念
若是桃花开了你不开
姹紫嫣红也是苍白

此时，南山依旧嵯峨在远天
东篱的菊花怡然自得
我写下的诗，就是夷望溪和厮罗溪
飘落的桃瓣
流到仙源陶氏族谱，第二卷第十六页

一回头桃之夭夭，灿若云霞
落英缤纷的此刻
记起我是五百年前负了小姐的书生
庄周的蝴蝶在梁山伯的身体醒来

2018 年

又见康桥

康河的风没将夕阳吹老，
河畔的金柳浸染半江月色，
我经韦斯特路向你问好，
好像孤星走上城堡。

今夜我代你回到英伦，
正如当年你代我离开。
两个天空争抢，
一袖子带不走的云彩。
头上这轮新月曾照过你
满河斑斓的星辉，你今何在？
翅膀扇动远岸的秋色
呢喃在水边的是两只天鹅。

谁的长篙搅动八月的沉默，
风中有人唤我杨克。

夜半秋虫不来，
徒留水草在叫志摩。

你拼命抓住稍纵即逝的虹，
以一颗水泡维系人心的凉薄。
四季更替是宇宙的法则，
草木枯荣始见生命的深刻。

悄悄地我从你的小路走过，
诗碑在上，我不能放歌。
你不必讶异，更无须说破，
捧起投影在波心的一片月色。

（2017 年 7 月末再次参加剑桥大学国王学院徐志摩诗歌艺术节有感，2018 年 2 月写于美国俄勒冈。该诗与拜伦、华兹华斯、徐志摩等数百年来写剑桥的诗一同收入英文版《剑桥最美的诗》）

我在一颗石榴里看见了我的祖国

我在一颗石榴里看见我的祖国
硕大而饱满的天地之果
它怀抱着亲密无间的子民
裸露的肌肤护着水晶的心
亿万儿女手牵着手

在枝头上酸酸甜甜微笑
多汁的秋天啊是临盆的孕妇
我想记住十月的每一扇窗户

我抚摸石榴内部微黄色的果膜
就是在抚摸我新鲜的祖国
我看见相邻的一个个省份
向阳的东部靠着背阴的西部
我看见头戴花冠的高原女儿
每一个的脸蛋儿都红扑扑
穿石榴裙的姐妹啊亭亭玉立
石榴花的嘴唇凝红欲滴

我还看见石榴的一道裂口
那些风餐露宿的兄弟
我至亲至爱的好兄弟啊
他们土黄色的坚硬背脊
忍受着龟裂土地的艰辛
每一根青筋都代表他们的苦
我发现他们的手掌非常耐看
我发现手掌的沟壑是无声的叫喊

痛楚叫醒了大片的叶子
它们沿着春风的诱惑疯长
主干以及许多枝干接受了感召
枝干又分蘖纵横交错的枝条
枝条上神采飞扬的花团锦簇

那雨水泼不灭它们的火焰
一朵一朵呀既重又轻
花蕾的风铃摇醒了黎明

太阳这头金毛雄狮还没有老
它已跳上树枝开始了舞蹈
我伫立在辉煌的梦想里
凝视每一棵朝向天空的石榴树
如同一个公民谦卑地弯腰
掏出一颗拳拳的心
丰韵的身子挂着满树的微笑

杨克　温暖，来自人文关怀

杨克属于“复合型”的诗人，具有开阔的视野，擅长将复杂的体验和积淀与当下现实进行诗性的融合。他以汪洋浩博的诗意，贴着生活飞翔。在他的诗里，常有我们身边平常人物的欢快与悲伤，并闪烁深切人文关怀参与的大美。如此，杨克是真正意义上的与我们生活同在的诗人。

诗歌，无论是匕首还是手术刀，最终总该留下“温暖”的余音。这是诗歌该有的品质。杨克不失尖锐与惆怅，书写一切可以书写的，呐喊人间所有的呐喊，鲜明诗人的立场。诗情饱满，诗风辽阔，但他的诗歌里，总是安放温暖，或荡漾，或潜行。

《新桃花源记》，这首诗有《桃花源记》的古典韵味，时常让人有穿越之感。如何汲取古典诗词之精华，在新诗中焕发生命？包括如何让旧语与新词在一首诗里亲密相处？这首诗，当是很好的示范。新从旧来，旧是新的生命之源。诗人的确也在怀旧，追忆那逝去的美好和至纯的情。“记起我是五百年前负了小姐的书生 / 庄周的蝴蝶在梁山伯的身体醒来”，梦是现实，现实也是往日。一切是梦，一切是往日的延续与再现，一切又是可供我们呼吸的现实。

《又见康桥》，康桥是康桥，康桥又不是康桥，而是徐志摩的替身。没有徐志摩，康桥不会在我们文化和情感的记忆里。来到康桥，想起徐志摩，诗人杨克显然走进了诗人徐志摩的心境和情绪里。他慢下脚步，在向徐志摩问候和致敬，也在自己的内心里静坐片刻。

《我在一颗石榴里看见了我的祖国》，把一颗石榴比喻成祖国，这样的想象力，令人赞叹。在我看来，这首诗的最大价值就在于这奇特而又为我们所熟悉的想象力。这不是灵光一现，而是诗人的才华所致，也是诗人对于祖国与人民认知的顿悟。这让我不由得想起他的《人民》一诗。如果做一个排序，那么应该是从《我在一颗石榴里看见了我的祖国》到《人民》。从象征到具体，从集体到个人，杨克的抒情就是这样的妙幻而又极具现实主义。

阅读杨克的作品，让我在思考真正好的诗人到底应该是什么样的。过人的才华、多方面的艺术和文化修养、丰富的人生体验、敏锐的感知、如潮的激情、清澈的良知……这是优秀诗人当有的。高格的人品、从诗回到人的纯朴与真诚，一份作为人的温暖，更应该有。可惜，后者常常被许多诗人忽视，因而他们只是“诗者”而非“诗人”。我认为，杨克是诗人，优秀的诗人。虽然我与他从未谋面，但我坚信我的直觉。

杨志学

笔名杨墅。文学博士，编审。历任《诗刊》编辑部主任、中国诗歌网负责人等，现任中国作家出版集团文学与出版管理部主任。著有《诗歌：研究与品鉴》《谁能留住时光》等。主编诗集《朗诵中国》《中国年度优秀诗歌》等20多部。曾应邀担任鲁迅文学奖和其他重要诗歌奖项的评委。诗歌作品获上海文学奖等奖项。曾受中国作家协会委派，任中国诗人代表团团长出访塞尔维亚。

杨志学诗三首

骑马进入朱仙镇

时间的风，空间的云
我要骑马进入朱仙镇

走路太慢，免不了饥渴劳顿
飞机太快，又无法把目标靠近
汽车过于喧闹，乘船离不开水道
仔细思忖，骑马进入最契合我的身心

骑马可以让我纵横驰骋
骑马可以让我自由地穿梭
骑马可以让我零距离融入这片土地

骑马可以让我无间隙地走进古人的生活

从刀耕火种的小村，到朱亥的聚仙名镇
文明的演进在这里留下了清晰的脉络
从春秋时期的征讨，到南宋岳家军朱仙大捷
一场场战火，淬炼着朱仙镇英勇不屈的性格

如今硝烟远逝，人间祥和
我骑马来到这里，缱绻逗留
古代的战马，早不知去了何处
我的马儿亲吻着泥土，怎么也爱不够

时间的风，空间的云
看我骑马进入朱仙镇，品读千古名镇的神韵

山顶上的雪

山顶上的积雪
发出令人晕眩的光芒
在阳光照射下
它明晃得有些刺眼

积雪是一道风景
多少人驻足，远远观赏
有的选择角度，拍照留念

近距离观赏积雪
是另一种体验
这往往需要条件和外力
比如要有盘山公路
汽车把你载上山顶
或者要有缆车
把你从下面驮到上面
还有，直升机把你放到山顶
也是可以的
当然，也有少数登山人员
靠毅力和技术登上高山

不管以何种方式
抵达山顶，置身于积雪的光芒中
有一点是需要注意的
高处不胜寒
你得穿好衣服，保护身体

关于四渡赤水

为什么要渡赤水
为了甩掉敌人

为什么要二渡
因为敌人不容易甩掉

为什么还要三渡
为了迷惑敌人

为什么又要四渡
为了化被动为主动

四渡之后
就四通八达了

杨志学　骑士的足音

杨志学是位心蕴山水情怀的诗人，不管身体在不在山水间，心总与山水有着血脉式的联系。他的诗歌浓郁山水性情，倾注山水哲学，在明快的节奏感中，诗意随之而来。山水之景之意，是杨志学言说的载体，而非终极目的。他是行者，从历史深处走来，怀中的文化，经由人生况味和多种成分的诗学所浸润。他步伐轻盈，如骑士一般优雅，南来北往，东进西出。许多时候，他的言说，不在身影里，而在或铿锵或含蓄的足音里。如此，读他的诗，可以快读，读出阳光的明媚细雨的温情；可以慢品，仿佛置身于丛林，处处有隐秘，有幽深。

《骑马进入朱仙镇》，如今骑马进入一座镇子，是件不容易的事，即便能做到，也会被人们看作诡异或不正常。现代文明下，马与历史成为忧伤的背影，渐行渐远。在诗人看来，到朱仙镇其实不骑马，也可有骑马的感觉。或者说，走进朱仙镇，那策马行于过往的感觉，处处皆有。以这样的角度来书写朱仙镇的历史厚重和文化积淀，可谓有新意，且具深意。

《山顶上的雪》，远观山顶之雪，有如阳光热烈，全无寒意。想要零距离欣赏，是要付出代价的，而且只有走近了，耐得住刺骨的风透心的寒，才能感受到雪的本真。雪的妩媚，雪的美妙，全因在这极寒之地。高处不胜寒，是对人生的警醒。然而，我更愿意理解为，人生的光芒，其实有时也能而且必须能在困境或苦难中闪现，

《关于四渡赤水》，自问自答，以最为简洁的方式击中“四渡赤水”的实质。又在这自问自答中，不断推进，这样的推进，是对历史的重现，更是对一种人生哲学的巧妙诠释。这是“四渡赤水”的战术，也该是我们应对困难和挫折的心态和策略。

杨志学在诗坛拼打数十年，诗艺日渐老练，诗风也与生命一同鼓荡。现在的他，好似一位武林高手，招式已经烂熟于心，不再囿于拳谱术典上的一招一式，无招有招。每一次出手，不再是表演式的，而是如点穴般精准有效。这自然是一种境界，与写诗有关，更与对诗歌的认识和姿态密不可分。更值得称赞的是，他将写诗与诗歌批评互为引领，始终走在真我的诗歌之路上。

叶延滨

当代作家、诗人，现任中国作家协会诗歌委员会主任，中国作家协会全委会名誉委员。迄今已出版个人文学专著51部，代表诗作《干妈》获中国作家协会优秀中青年诗人诗歌奖（1979—1980），诗集《二重奏》获中国作家协会第三届新诗集奖（1985—1986），其余诗歌、散文、杂文分别先后获四川文学奖、十月文学奖、青年文学奖等50余种文学奖。

叶延滨诗三首

一颗子弹想停下来转个弯

一颗子弹开始了飞行
从一声巨响中穿过细长的枪筒
这颗子弹惊恐地呼啸前行
它想停下来，但立刻明白了
它没有权利想更没有权利停下来
命定了是一颗出膛的子弹
那就飞吧，不想也要飞
那还不如不想

不想就是服从命令的好兵
服从命令，谁的命令？服从命

子弹的命，就是要飞一回！
想转弯？因为前面有个人影
这想法还没有冒出来
飞行的无形力量就让子弹
成为另一个词：击中目标
这四个字让子弹洋溢着光荣感

光荣而骄傲的子弹
光荣而骄傲地结束了飞行——
夹在一根肋骨和皮下脂肪间
突突跳动的血管挤压着它
让子弹体会到疼痛咬啮的力量
它有点后悔飞到了不该来的地方
停在肋骨间的子弹有时间后悔
但所有的时间都没告诉它
它错在哪里？也就是说：无权后悔

正在这时一把钳子夹住了子弹
把它拖到光亮的世界
一见到光亮，子弹就兴奋
兴奋地准备再次起飞
但接下来的是一次更深的跌落
当！子弹被丢进垃圾铁盘里
天哪，子弹知道了这就是它的命：
一生只飞一次！！

这时它突然明白

为什么有那么多子弹
不光荣、不骄傲、不击中目标
却把一生只飞一次的命运
变成了自由……

长满绿锈的剑

每一块锈斑，都在痒
痒痒地提醒玻璃柜中的剑
曾经吹毛立断的风流
无数剔骨挑筋的淋漓

剑老了，剑退出江湖了
剑想忘记这一切
容易呀，只要一块磨刀石
亦可再次回炉，让铁锤击打

荣幸此剑被册封一级文物
那些痒死人的锈斑
是剑被风雨佩戴上的勋章
是剑不可磨灭的光荣

在众目睽睽之下
透明柜里高贵丝绒之上
那些发着绿光的锈斑

让剑永远地痒，痒死
也不可超度……

她没有自己的名字

她没有死——
她就站在我的身后，
笑着，张开豁了牙的嘴巴。

我不敢转过脸去，
那只是冰冷的墙上的一张照片——
她会合上干瘪的嘴，
我会流下苦涩的泪。
十年前，我冲着这豁牙的嘴，
喊过：干妈……

我驮着一个“狗崽子”的档案袋，
到圣地延安，
为父母赎罪——
为他们有神的力量，
没有在监狱，炮火中倒下。
为他们有人的弱点，
在和平的年代也生下我这个娃娃！
为他们在语言当子弹的战场，
只会说实话的嘴巴，

被无数弯着的舌头打垮……

带色的风清扫这狼藉的战场，
我是卷进黄土高原的一粒沙。

连知青也像躲避瘟疫一样讨厌我，
丧家狗——实际，也不算难听的话。

“孩子，住到我们家吧。”
“不！我不需要听怜悯的话。”
“孩子，我们老两口也要个帮手，
我为你做饭，你替咱担水……”
也许，这只是一个借口，
但我的自尊的天平需要这块砝码！

从此，我有了一个家，
我叫她：干妈。
因为，像这里任何一个老大娘，
她没有自己的名字，
“王树清的婆姨”——人们这样喊她……

叶延滨 **实时语境中的同步处理**

缝隙，随时都在叶延滨诗歌的语境中，并参与了其精神的建构和开拓。生命在现实的缝隙里，现实也常挤于生活的缝隙中，诗与生活、现实则互为缝隙，相生相克。这一切都在挤压之中，又都处于被压制的状态。叶延滨注视这些缝隙，既做线性的思索，又行现时空间下思想的铺展。历史与未来，作为参照，或作为当下的酵母，在第一时间对现实做出反应。他是位先锋性的诗人，立于诗歌发展的潮头，内心的沉重在诗的感召下，飞扬一面旗帜，成为纵深或时序方向的引领者。

叶延滨具有很强的处理能力，处理诗的最新收获，处理令人措手不及的现实。带着往昔的旧痕，剔除实时变化的外在抛光，让诗的力量出其不意，而又与灵魂同在。

《一颗子弹想停下来转个弯》，子弹的飞行具有宿命性，一旦出膛，再无法改变。击中目标，固然重要，飞行才是真正属于子弹自己的。这如同人的生命，开头和结尾，我们无从选择，但可以在行走的旅程中寻找自我。

《长满绿锈的剑》，一柄剑，就这样老去，荣耀和记忆，也已经老去，同样老去的还有锈斑。锈斑越多越醒目，某种无奈甚至耻辱更浓郁。人们的目光停在锈斑上，感受到的只是岁月。想象在这里止步，故事在这里死去。剑的痒，是在追忆过去，羞愧当下的无用。我们每个人都是一把剑，也终将有锈斑。

《她没有自己的名字》，一段难以言尽的过往，经由“干妈”无声讲述。没有自己名字的这位老妇人是“干妈”，与亲情无关，污浊中闪现的人性光芒。同样没有名字的，是与“我”一样遭受磨难的人们。何止是名字，生命和足迹，都被铲除或淹没，甚至从未存在过。无名之人之事之物，才是这个世界的真实存在。这首诗的深刻之意，正在于此。

叶延滨的诗歌，具备古老与年轻同时在场的品质。古老的是化于血液中的文化和人性之光，年轻的是诗艺的与时俱进、灵魂的清醒状态以及担当的勇气。他能听到骨头的尖叫，坚定诗的自由，从容地直面现实，自由地听从灵魂指引，坦诚地表达思考。诗是无用的，诗的价值又在无用之用上。有叶延滨的诗与我们同在某种缝隙里，那么我们依然可以自由活动。

叶舟

诗人，小说家，现任全国政协委员，甘肃省作家协会主席，《甘肃日报》叶舟工作室主任，甘肃省文史馆研究员，一级文学创作。著有《大敦煌》《敦煌本纪》等。

叶舟曾获得第六届鲁迅文学奖、《人民文学》小说奖、《人民文学》年度诗人奖、《十月》文学奖，获评 2019 中宣部全国文艺名家暨“四个一批”人才、甘肃省领军人才（第一层次）等，为甘肃省文化艺术领域代表人物。

叶 舟 诗 三 首

大唐西域记

就此，我开始给皇帝
写一本书，陈述地平线上的
焰火，西域的开支，
以及游牧的氏族。
开始了，我必须给
帝国写一本书，渲染
梵音流布，万邦
来朝；仿佛一只巨鹰
扣住了地球，没有危卵
与猜忌，唯有鲜花传袭。
就这样，我开始给

修远的道路，给一册
崎岖的山河
写一本书；诉说一个人的
跌扑与泪水，其实
是秘密的叩首和供养，
有待时间的鉴定。所以，
我开始给一双芒鞋，一盏灯，
一匹晴朗的白马，
写下一本感恩之书；只有
它们知晓我光辉的败北，
包括一些暗夜的哭泣，并且
扶起我，掸落悲哀，
一路向西。因此，
我开始给坡下的
天竺，给恒河上的鱼群，
包括猴子与浆果，
缘起和明灭，写下一本
热带之书；请求这弯曲的
天空，埋下一个人
青春的骨灰，等待春风
和下一世的破土。
终于，我开始为佛陀，
为他一辈子荒凉的修为，
药草和银针，舍利
与僧衣，写下一本
世界之书；我闪身入内，
在书中开窟造像，并且

布置好月光、莲花、净水
与菩提；我曾经深爱的
一切，终于安然如故，
馨香扑鼻。必须的，我要给
天下的苍生，给炊烟和羊圈，
疾病与五谷，写下一本
治愈之书；不久之前
我们还端着一只只
清贫的饭碗，守望黄昏，
不弃不离；在这一场湍急的
生命当中，狭路相逢，
彼此默默记取。顺便地，
我要为自己写下一本
苍凉之书，因为一次引颈，
一次眺望，一番热烈的
追逐与爱戴，天空
将我带到了如此之远，让我
马革裹尸，残缺
不断，却又像一支滚烫的
墨笔，掏出了誓死的内心。

而今，我合上了书卷，
与佛陀比邻。——举目看见
这烂漫的人间大地，
众生诵唱，万法归一。

在译场

在这里，我扶起
呕吐的字母，眩晕的
音节，掸净它们身上
黯淡的灰尘。梦里
不知身是客，这些辗转
而机密的恩人，将代替我，
说出另一种灵魂的法则。

在这里，我捡起一片
残经，一句破损的偈语，
一只忧伤的木鱼。我在
长安买药，月下炼丹，
慢慢疗治好水土不服，
以及它们痉挛的身影。这时
的春雨，不过是一次苏醒。

在这里，我种下了佛陀
与菩提，并在辽阔的宣纸
和帝国的内心，浇水，
剪枝，培土，施肥。我知道
生命是一次远行，如果
我梦见了天竺或西域，
我和每一颗字词，属于皈依。

在这里，月亮终年下雪，

秋风却带来觉醒，我用毛笔，
打落了树上的因果，
看见爹娘和普天下的人民，
开始面对观音。自此，般若、
众生、刹那、供养、解脱、
大千、圆满……来自佛经。

诀别

向这一双芒鞋顿首，
曾经，它带走了我的青春，
抵达天边，埋下了
热情与骨殖。但没有人
知道一切底细，
哪怕世上的穷人们
打草编织，只有它
才适合我凄凉的出行。

向这一件僧衣顿首，
借着月光，抖搂它身上
深刻的寒意。
即便乌鸦在此筑巢，
我仍然记得，那些农事
与桑麻，乃是一份养育。
其实，一个人最远的

半径，就是回到自己。

向这一具肉身顿首，
慢慢取出它经年呵护的
灯台，而后吹熄。
秋风是一次道场，
沐浴、诵念、脱缁，且将它
入藏于一座塔底。
如蒙恩典，千年之后，
犹有美和救赎的雁群。

向这一面佛龛顿首，
拨开云雾、流岚、闪电
与霹雳，喊醒天空，
为人世间打开方便之门。
那么久了，一个少年的奔跑
归入了日暮，又拿起
墨笔和天梯，去将明月
和经卷，逐一修复。

——选自叶舟诗集《丝绸之路》

叶舟　**苍茫里的鲜活**

叶舟是真正意义上具有宏大感和深邃感的诗人，专注于发问与寻找生命意义和灵魂栖息地。恰如一叶小舟视茫茫大漠如大海，虔诚且执着地前行，怀抱古典，参与现代意识的求索；在生命的极地，明亮神一样的光芒；从滑过的时光中，以瞬间营建永恒。他的诗歌有一种神秘的力量，轻中有重，重中有轻，一切都在回归沉默中震撼心魂。

西部，是叶舟诗歌最为常见的场域。大漠戈壁，生命在这里被驱逐，被风干，被永恒祭奠。人在这里是渺小的、孤独的，但又自在拥有天地，灵魂得以生万物。这是由不得我们不敬畏之地，因为敬畏大自然，生命也被我们深切地敬畏。敬畏，成为叶舟诗歌的灵魂气质。

叶舟的诗歌中多会出现佛以及与佛有关的物象、词语，弥漫浓烈的宗教情怀。是的，是“宗教情怀”，而非宗教。叶舟是在这佛教文化丰厚的西部，满怀宗教感，体悟并言说自己的人生哲学，描绘人生特殊而又该平常的境界。

神秘感，当是叶舟诗歌的重要特性。如此的神秘感，与西部与佛教文化有关，也与叶舟之于诗歌的艺术追求和高超的诗歌审美力有关。叶舟将西部和佛教文化的外在风华和内在精神，暗通于我们内心的神秘。这样的神秘感，在我们的世界之外，又日复一日地参与我们的生活。

诗歌，时常把难以言说的内容，以难以明晰的方法形成另一种难以言说。而叶舟的诗，看似玄奥，但可直抵我们的心灵，并为我们解读，然后，会让玄奥更为玄奥。叶舟将我们引领到神秘之地，我们瞬间便能体会参悟，然而走出时，那神秘会更加神秘，便在我们的灵魂地驻扎。我总以为，叶舟的诗歌无须导引或解读。他诗中的气象万千，已经在自我阐释，那些带着他体温的字句主动融化于我们心田。“我合上了书卷，与佛陀比邻。——举目看见 / 这烂漫的人间大地，众生诵唱，万法归一。”（《大唐西域记》）叶舟合上书卷，而我们则是合上他的诗卷。

诚然，叶舟是坚守纯净精神、善于丰富意象、有成熟的大家风范的优秀诗人。但我更想说，叶舟，将诗与人进行了完美的互动和融合，他的诗歌得以如西部上空的飞鹰，神游苍穹，明察人间。

于坚

字之白。祖籍四川资阳，生于昆明。20世纪70年代开始写作至今，著作40多种。系诗《尚义街六号》《0档案》《飞行》《巨蹀》，散文《挪动》《巴黎记》，摄影集《大象·岩石·档案》，纪录片《碧色车站》等之作者。

于 坚 诗 三 首

云南点名

向不朽的质量致敬　苏轼说　能者创世
智者述焉　明月登堂　照亮云南　摊开了大地的
点名簿　永恒的政治　不是指鹿为马的游戏
一行连着一行　西北　东南　北回归线附近
梅里雪山之巅　横断山脉两侧　白要贡献雪
咸要贡献盐巴　南方要贡献森林　西部要
贡献高山　东方要贡献小麦　北方要贡献冬天
腾冲那块要贡献翡翠　马龙地面要贡献土豆
纸产于昆明　铜来自东川　黑暗要贡献乌鸦
万物呵　是否还在履职？柏树要长高响尾蛇
不要唱歌　石头不要说话　熊要冬眠芒果

要跟着黄金　麋鹿要走向晚年　澜沧江在
红河在　大理州　在　建水城　在　南诏王
在　大理石　在　藕　在　喜鹊　在　梅花
在呢　燃灯寺　在　华宁窑　烧着呢　井……
填掉了　水倒在呢　高黎贡　在　麻栗坡　在
卡瓦格博　在　滇池……把那些推土机挪开
挨那些管子拔掉　我在呢！抚仙湖　在呢
玉溪　喏　普洱茶　在　床　稳着呢　宜良米
在呢　大象　喏　丘北辣椒　在呢　木匠　在呢
瓦　在呢　泸沽湖　到　西双版纳　在呢　在呢
楚雄　在　藏族的……阿布思南　鲁若迪基　有
哥布　哎　傈僳族的阿达叶　嗯　刘昆生　嗯
宝珠梨　嗯　火把节　在　核桃原　在　石榴
原在　玛多　在呢　刚刚产下一个　男的　怒江
诺　喜洲　在　马过河　在　翡翠　原在　摩梭
在　老鹰　耳背的熊听错了　也跟着答应
老黑山　在　鲁甸　在呢　狼　诺　黑颈鹤
在　豹子　在　蛇　在　茭白　韭黄　桃红
湖绿　天青　枫红　玉兰　在！点苍山……
歌舞团的首席男高音站起来　张嘴就唱闷的！
（云南话——别叫）莫乱　让它自己说　在呢！
群峰在黑暗里沉默着　缅茨姆峰的冰川亮了一下
光指着东竹林寺的金顶　算是回答　信仰的
种地呢　做工呢　盖房子呢　煮饭呢　收费的
写诗的　诺－诺－诺－诺－诺－　某某某某
某某某　某某　报告狱长　到　初中生于果
睡在她妈妈的臂弯里　梦见一朵茶花叫它　哎

开了　高的高着　矮的矮着　飞的飞着　厚的
厚着　薄的　薄着　流的　流着　睡的　睡着
醒的　醒着　玩的　玩着　做的　做着　在呢
都在呢　都在呢　月光退位　除夕夜　气象局的
天气预报又错了　寒流自北向南　云南到齐了
万籁俱寂　高原白茫茫　放心　又是好年成
外祖母在青山中说

大象

高于大地　领导亚细亚之灰
披着袍　苍茫的国王站在西双版纳和老挝边缘
丛林的后盾　造物主为它造像
赐予悲剧之面　钻石藏在忧郁的眼帘下
牙齿装饰着半轮新月　皱褶里藏着古代的贝叶文
巨蹼沉重如铅印　察看着祖先的领土
铁证般的长鼻子在左右之间磨蹭
迈过丛林时曾经唤醒潜伏在河流深处的群狮
它是失败的神啊　朝着时间的黄昏
永恒的雾在开裂　吨位解体　后退着
垂下大耳朵　尾巴上的根本寻找着道路
在黑暗里一步步缩小　直到成为恒河沙数

2011年9月3日星期六

避雨之树

寄身在一棵树下　躲避一场暴雨
它用一条手臂为我挡住水　为另外的人
从另一条路来的生人　挡住雨水
它像房顶一样自然地敞开　让人们进来
我们互不相识的　一齐紧贴着它的腹部
蚂蚁那样吸附着它苍青的皮肤　它的气味使我们安静
像草原上的小袋鼠那样　在皮囊中东张西望
注视着天色　担心着闪电　雷和洪水
在这棵树下我们逃避死亡　它稳若高山
那时候我听见雷子嵌进它的脑门　多么凶狠
那是黑人拳击手最后致命的一击
但我不惊慌　我知道它不会倒下　这是来自母亲怀中的经验
不会　它从不躲避大雷雨或斧子这类令我们恐惧的事物
它是树　是我们在一月份叫作春天的那种东西
是我们在十一月叫做柴禾或乌鸦之巢的那种东西
它是水一类的东西　地上的水从不躲避天上的水
在夏季我们叫它伞　而在城里我们叫它风景
它是那种使我们永远感激信赖而无以报答的事物
我们甚至无法像报答母亲那样报答它　我们将比它先老
我们听到它在风中落叶的声音就热泪盈眶
我们不知道为什么爱它　这感情与生俱来
它不躲避斧子　也说不上它是在面对或等待这类遭遇
它不是一种哲学或宗教　当它的肉被切开
白色的浆液立即干掉一千片美丽的叶子

像一千个少女的眼睛卷起　永远不再睁开
这死亡惨不忍睹　这死亡触目惊心
它并不关心天气　不关心斧子雷雨或者鸟儿这类的事物
它牢牢地抓住大地　抓住它的那一小片地盘
一天天渗入深处　它进入那最深的思想中
它琢磨那抓在它手心的东西　那些地层下面黑暗的部分
那些从树根上升到它生命中的东西
那是什么　使它显示出风的形状　让鸟儿们一万次飞走一万次回来
那是什么　使它在春天令人激动　使它在秋天令人忧伤
那是什么　使它在死去之后　成为斧柄或者火焰
它不关心或者拒绝我们这些避雨的人
它不关心这首诗是否出自一个避雨者的灵感
它牢牢地抓住那片黑夜　那深藏于地层下面的
那使得它的手掌永远无法捏拢的
我紧贴着它的腹部　作为它的一只鸟　等待着雨停时飞走
风暴大片大片地落下　雨越来越瘦
透过它最粗的手臂我看见它的另外那些手臂
它像千手观音一样　有那么多手臂
我看见蛇　鼹鼠　蚂蚁和鸟蛋这些面目各异的族类
都在一棵树上　在一只袋鼠的腹中
在它的第二十一条手臂上我发现一串蝴蝶
它们像葡萄那样垂下　绣在绿叶之旁
在更高处　在靠近天空的部分
我看见两只鹰站在那里　披着黑袍　安静而谦虚
在所有树叶下面　小虫子一排排地卧着
像战争年代　人们在防空洞中　等待警报解除
那时候全世界都逃向这棵树

它站在一万年后的那个地点　稳若高山
雨停时我们弃它而去　人们纷纷上路　鸟儿回到天空
那时太阳从天上垂下　把所有的阳光奉献给它
它并不躲避　这棵亚热带丛林中的榕树
像一只美丽的孔雀　周身闪着宝石似的水光

1988 年

于坚　重建日常生活的神性

于坚是位“质朴型”的诗人，一如大自然一般质朴，万千气象和生命精神就隐于质朴之中。进一步而言，于坚的诗就是一座丛林，有四川盆地的汇入之势，具云南山地高原之隐秘。不需要隐喻，不需要形容，素朴中拥有天地间的一切和思想深处的悸动。丛林里，有阳光斑驳，有潮湿下无限的生命可能和精神奇迹。于坚的诗就是这样密实生长，致敬真正的自然主义写作。丛林当还有一个重要的意象，一切看似是当下的，但历史沉默其中，越进入其深处，那些古老就会迎面而来。于坚创作的“转身”和“后撤”，其实是寻找那些本质性的冲动和存在。他志于重建日常生活的神性，在更广阔的层面而言，是在找回日常生活被消磨的光泽和枯萎成平庸的灵动。

《云南点名》，没有图腾的参与，没有添油加醋的词语，只将众多的自然之貌和生活细节据实呈现。信息量巨大，足以涵盖云南的精要。大自然就是大自然，真正的雄奇在于生命在此延续和闪光，如此本真，如此生动。爱情是那样青春，母性是那样淡然而深沉。这首诗复杂厚重，又纯粹而明晰。

《大象》，古老而又庞大的大象，带着岁月的恩赐和生命的强劲。尊严立于辉煌和废墟之上，神秘就在那粗犷的皮肤和看似笨重的躯体上。巨型之象，也有渺小之微。在不可逆的命运中坚守，当是灵魂的宏大之象。面对如此的浑厚，于坚惜字如金，当是最大的隐喻。

《避雨之树》，这棵树回到了平实的生长之地，以纯自我的方式立于人间。天空之雨和树下的生命，都是树的一部分。树下的世界，只在树下，但如若没有了树，世界将会荡然无存。这是一首生命性的诗，基本上与智性无关。正因为如此，树因我们的灵魂而具有了神性。

必须录下于坚的这段话："我的野心是重返失去的写作传统。每个时代的诗人都有这种重返，'我志在删述，垂辉映千春'（李白），'再使风俗淳'（杜甫）。黄金时代在我这个时代已经失落，我想通过我的写作重返那些伟大的黄金时代。"重返，是一种之于现实的态度；重要，是基于内在的责任感和理想之光。重返之后的重建，是为无处安身的灵魂找到真切的居所。而这之中。于坚的"反向"尤其值得重视。回到绝对的自我，回归汉语的原生之美，回到诗的纯粹之力，他以这样的反向之举成为另一种先锋。

郁葱

原名李立丛。当代诗人、编审。著有诗集《郁葱抒情诗》《生存者的背影》《世界的每一个早晨》《郁葱的诗》《尘世记》等十余部，随笔集《艺术笔记》，评论集《谈诗录》《好诗记》等多部。《郁葱抒情诗》获第三届鲁迅文学奖，《尘世记》获塞尔维亚国际诗歌金钥匙奖。现居石家庄市。

郁 葱 诗 三 首

红尘安然

想起鸟，想起鱼，想起虫子，
就想，几乎所有的动物都有天敌，
但自己是自己天敌的不多，
人即为其一。
生存本不需要更多东西。
人的智慧不是太少了，而是太多了，
其实再少那么一点儿，会更好。

世界上的箴言太多，道理太多，
话太多文字太多，
人的视野太短，难以穿越百年，

世界上什么其实也不缺少，
你聆听也可以，你沉默也可以。

人本来等同于其他生命，
适度、节制、恰如其分。
太多了，太满了，
就显得雍杂和芜杂，
——我把人的底线降到了不芜杂，
想起来，也惭愧。
许多人托着托不起来的重量，
因循苟且，鲜能远虑。

其实，人何不学学鸟的智慧，
飞翔不是为了留痕，而是为了生存；
其实，人何不学学鱼的智慧，
不问水浅，亦不问水深；
其实，人何不学学虫子的智慧，
自知其小，委曲从俗。
从俗又怎么了？
世上之事多为俗事，
你再光亮，无非微尘。

若如是，
三千世界，红尘安然。

2016年7月7日

与己书之二

一直觉得，命运像是一个时钟，
我必须让它走得非常精准。
或者它是草，不张扬，
但必须长在应该长的地方。
草的价值是告诉你，
春天里有生命，别的时候，也有。

喜欢爱甚于一切，还有良善，
那是生命的本源，
像太阳底下的事物，
不躲闪，欣欣向荣，
尊重细节，尊重此时和往时。

喜欢快乐和痛苦，
也许不是喜欢，是能够承受。
不沉默，也不夸张，
不沉默很难吗？

顺从欲望，重新想象身体，
也重新进入身体。
做一个青草味道的苦涩的人，
用一个最刺目的词，去惊醒早晨。

有能力原谅，也能够宽容和修复，
能容纳，能为别人纠结、为自己伸展，

总会在某一个时候捂住胸口，
它疼痛，而疼痛，
是为了我们深入这个尖利而曼妙的世界。

有湖水和宝石的蔚蓝色，
有花朵在岸上，鱼群在水中，
有甜雨苦雪，秋凉夏暖，虫鸣莺歌，
有泥土、水，绝少不了空气，
有枝叶、玫瑰、雾和海。

窗外的树在动，
它周围不是风也不是空气，
很多时候觉得那是一面墙，
那面墙真厚啊，
穿不透，什么也穿不透，
生命也穿不透，
生命之外的东西，也穿不透。

生命的沿岸是黄色的土，
有青草，那些青草是野草，
它们今年枯了，明年又青。

我一直在说草，它寄托着
我理解中理想中的命运与生命。

2015年5月5日

我说的话越来越少

我说的话越来越少，
是由于，我交给内心的话越来越多。

我说过的，成了烟云，
我不说的，成为思想，
我说话，是由于欲望，
我表达，是由于相信，
我的话许多没有意义，
但那些话有感情，
人靠感情维系不靠意义维系，
我只想，说话的时候有人在听。

能够倾听或者被倾听，是一种幸福，
有的时候，说话少是不想说话，
有的时候，说话少是无话可说。

那天我说这句话的时候，
朋友们也都来说话，他们说：
“我说的话越来越少，
是由于，不值得说的越来越多。”
“我说的话越来越少，
是由于，我见过的人越来越多。”

我记住了这些话，并且，
把它放在内心，

放在内心最踏实，有人说它能发芽，

而我知道，它已经结了果子。

2014 年 7 月 8 日

郁葱　**人间沧桑归于纯净**

郁葱是“抒情诗人中的非抒情诗人”，因为“情”只是他写作起源性的冲动和诉求，以现实为观照，诉内心之思，扬人生之道，才是他诗歌理想的核心所在。对郁葱而言，探入内心的深度，就是伸向天空的高度。情真意切地打开自己，向内再向内，拨开风尘和迷雾，郁葱以自我追问的方式看世界，以勇敢而朴实的呈现来垒起精神的高度。纯净中闪光思想光芒，直白里深藏无限意蕴，郁葱的诗好读易读，可以无障碍地读到自我，读到人生路上的那些痛和悟。以平易近人的面目出现，意味在咀嚼之中，这是好诗的一种品质。如此，读郁葱的诗，会觉得是在倾听邻家一位智者的由心话语。

《红尘安然》，红尘，是喧嚣于生命的外在，尽管我们总生活在其中。这是一首清淡之诗，意在提醒我们清淡我们的人生，回归生命的道法自然。安然于红尘，遵从万物的本性，终将会在舍弃中得到灵魂的丰足和属于生命本有的大收获。安然，是一种态度，更当是竭力实践的行为。

《与己书之二》，与己对话，就当是这样的平实。这首诗中，“草”是理想人生的参照，“顺从”是关键词。顺从，是听从生命的律动，顺应天道，而非怯弱和绝望。做真实的自己，走如草一般的人生，诗人也在叙述普通人生的宏大和美好。

《我说的话越来越少》，有话不说，无话可说，当然是两种不同状态。言说，是为了表达思想或传递信息，也可能是出于抗争和搏杀。如果沉默，只是出于更多地倾听内心，享受时光给予的馈赠，这已不是状态，而是一种境界。

郁葱所写之诗，使用我们极为熟悉的词语，表述我们内心共有的希冀，这一切是彻心之悟的淡然表达。许多时候，把诗写得难懂，很容易，但写得像水一样纯净但又五味俱在，实在不易。换而言之，我们不缺晦涩玄奥之诗，而需要朴素、亲和又能拨动心弦的诗。阅读郁葱的诗，我们会常常忘记是在阅读，一行行诗语如从遥远的天际或大海深处飘忽而至，在红尘的路上，在我们灵魂里；又像是我们内心深处某些自言自语的悄然醒来。将复杂的人生和纷繁的诗技化于无形，只留心灵的密语和血液的温度，这对诗人是极大的考验。好在，郁葱做得让我们喜欢和敬佩。

臧棣

1964年4月生于北京。1983年9月考入北京大学中文系。1997年7月获北京大学文学博士学位。现任教于北京大学中文系，北京大学中国诗歌研究院研究员。出版诗集有《燕园纪事》（1998）、《仙鹤丛书》（英文诗集）、《臧棣诗选》（2019）等。获《南方文坛》杂志“2005年度批评家奖”，“1979—2005中国十大先锋诗人”（2006），“中国十大新锐诗歌批评家”（2007）。

臧 棣 诗 三 首

德谟克利特入门

很受宠，家里最小的儿子，
所以假如死亡能带来真理
他就不必费神去解剖兔子；
接着，他用解体的兔子去喂
对笼子感到愤怒的豹子。

一切都计划得很经验。据传言，
在豹子之后，他不顾邻居的反对
还解剖过一头狮子。结论是
就勇气而言，将生命的本质比作
一头奔跑的狮子，至少没撒谎。

见不得血腥的柏拉图曾叫嚷，
要用烈火来惩罚他的疯狂——
因为他相信，幸福并不在心灵之外的
任何地方，甚至不在死后；
所以任何时候，迅猛于简朴是秘诀。

他被带进法庭，但作为思想的被告，
他是幸运的。希波克拉底做证，
至少从老鹰嘴里脱落的乌龟
赞成他的想法：就命运而言，
没有不完美的世界，只有不快乐的人。

到了晚年，他用爱琴海的强光
照瞎自己的双眼，以便
人生中最伟大的黑暗
能像记忆的棺柩一样绝对地封存
他年轻时爱慕过的地中海美人。

2019 年 1 月 5 日

那匹马入门

——重读尼采《扎拉图斯特拉如是说》

隔着汗津津的厚皮，
尖锐的疼痛在另一个红海里爆炸；

如果它仅仅是畜生，是挥舞的皮鞭下的
只能由冷酷来麻痹的对象，
那么，在你我之间
让沸腾的血液猛然凝固起来的
那一小坨可贵的惊愕
又会是什么呢？当都灵的乌云
带着黑色的困惑将现场围拢，
哪怕死神偷懒，那永恒的轮回
也会把你中有我带到深渊的边缘，
就好像那里埋伏着比窄门更多的抉择。
那里，坚决到沉闷的空气
叼着热烫的碎片，就好像无意之间，
空气暴露了时间是长过虎牙的。
那里，高昂的头颅被紧紧搂住，
伸出的手臂仿佛来自比神的觉悟
还要清醒的一个生命的动作；
而作为一种阻挡，你的拥抱
是比我们更天真的变形记的
分镜头，你的哭泣是歌唱的项链，
将伟大的疯狂佩戴成
围绕着无名遗产的一圈鲜花。

2018年9月29日

纪念艾米莉·狄金森逝世一百三十周年入门

——Emily Dickinson 1830.12.10—1886.5.15

白天，心灵是放牧的对象，
柔软的绒毛温顺在
即将落下的树叶的抚摸中。
晨露浪费了初吻，唯有知更鸟的鸣叫
偶尔还能尖锐一下爱的短暂。
她把院门打开，将属于她的
也属于我们的心灵放牧到
树林的边缘。她胜任光明深处的
黑暗，一如她胜任黑暗中的
孤独。入夜后，她将放牧后的心灵
从荒野召回到身边，“说出
全部的真理”其实没那么难，
但前提是“不能太直接”。
就这样，她以自我为永恒的伴侣，
将诸如生的伟大死的光荣
远远地甩在了以我们为深渊的
时间的后面。在她之前，
英杰无数，但从未有人像她那样，
敢于成为：她自己的先知。

2016 年 5 月 15 日

臧棣　世界在门后

臧棣“入门”系列诗，与“协会”“丛书”系列诗，显现了其对于结构性诗学的自信与坚守。包容所有的诗艺，追逐词语的极限，把脉灵魂与人间，旨在构建一个与众不同的世界。这是臧棣作为诗人的特别之处。现实世界，真实与虚幻早已失去边界，甚至只是披着真实的幻象。臧棣的诗歌“构建”之举，是心灵自由的极化，是质疑和对抗的迂回。他的诗里，有灵魂的自省、思想的追寻，也有现实的投射与回应，但这一切只是敲门砖。门后的世界，是臧棣的，更是世界的原生。由此，他的诗世界一样丰富，一样复杂。

《德谟克利特入门》，这是一首极具传记色彩的诗，臧棣很强的提取能力，足以让我们了解德谟克利特这位哲学家一生的精华。这是德谟克利特某些真实的片段，又是诗人臧棣触发诗的传奇力的结晶。此处的“入门”，寓意在于倘若我们停下匆忙的脚步，走近德谟克利特，走进他的哲学观，便能发现许多被我们忽略的人生。换而言之，走进德谟克利特，我们或许可以真切地走进我们自身。

《那匹马入门》，这匹马舍弃了常规的意象，回到动作和血液本身，领略自由、创造和生命的隐秘与具实。这又是最大的隐喻，拥有动作和血液，我们看似是在读世界，其实是在认识自己。

《纪念艾米莉·狄金森逝世一百三十周年入门》，世界之外的世界，在诗里，也在我们内心，归根结底，所有的世界和世界的所有，只在我们内心。这是独立精神的体现，是灵魂的栖息地，更是生命的本质所在。如若能享受孤独，与黑暗保持亲密关系，“我”便能真正成为“我”。

臧棣坚定地认为写诗要“不祛魅”，“祛魅就是回到日常经验，回归到常识，回归到普通人的身份”。而臧棣则坚守诗的纯粹以及与日常生活的距离，尊重无处不在的遮蔽和扭曲。这其实是对生命本真的另一种形式的尊重，更是有关诗以及生命的一种隐喻。

臧棣的诗，历史性、自然性与现实性统一于灵魂、体验和知识之中，如世界一般纷繁，似心灵一般神奇。我们读到了世界的诗性和诗性的世界，这是属于臧棣的世界，也是属于我们的世界。这样的世界，得益于角度的转换，也受助于心灵的自由。因而，臧棣的诗与生命一样具有多向性、复杂性和某些难以明察的隐秘。

张映姝
2010 年开始诗歌创作，已在《诗刊》《诗江南》《扬子江诗刊》《诗建设》等刊发表诗歌多首，并入选多种年度选本。出版诗集《沙漏》（2015）、《西域花事》（2018）。近年专注于植物诗歌和随笔的写作。现供职于西部杂志社。

张 映 姝 诗 三 首

凤凰树

你的名字，有信仰的热度
我熟悉它，如姐姐的肩背
这，真的是假象

如凰展翅的羽叶
如凤翘首的花朵
我此前真的没有见过

我不渴望，也不后悔
这个物质世界，我越来越感觉
无能为力。我时刻警惕

与它保持恰当的距离
为了封存我们之间
呼吸的一致性

如果那片低垂的羽叶
是一扇现实之门
那么，曾经的错误
自有天意

如果真的有天意
高栖枝头的两朵凤花呀
不要失色，不要凋零

唯一的我们
唯一的疼痛
唯一的希望

黄刺玫

一个闯入者，撞开
时光之门。譬如
云层燃烧的黄昏

她的宁静，是鼎沸人声的
休止符。百分之一秒的速度

她的喜悦，涵盖省略号的

无极限……一匹马，在头脑中
奔跑。像喀纳斯湖畔
晨光中的剪影。嗒嗒蹄声
飞越千里山河，憩息于

一株黄刺玫的枝头
它不属于这里。我也是
一个过客。这些重瓣的黄花
奔向一场无法掌控的结局

花事荼蘼，芬芳正好
虫鸣细碎如小雨
而月亮，猛地跳出梢头
人间，瞬间就清亮了

深碧连翘

你，是阳光镶嵌于枝条的花
金的光芒，暖的心意
叶，尚被锁在一场旧梦

月季光秃秃的枝干举着
一朵硕大的花，像春的经幡

我却在赶赴，一场映山红的花事

——热烈，繁复，雕琢
而我，确是喜欢自然之物
喜欢一切无条件的美

这个春日，是连翘的好日子
你鼓起一张张明黄的小嘴
啜饮光之蜜，风之蜜
化为自身之蜜

一只蜜蜂流连于你的甘甜
你把神圣的使命，裸裎
并放大。是的，万物
在春风中密谋，并得圆满

张映姝　回归万物皆有灵的世界

此前读过张映姝的植物诗系列，印象颇深。她自荐的这三首，该是系列之中的。想来，她心中的底色也有植物的灵动与清秀。

几乎每个诗人都会以植物为诗，就像每个诗人都会写到父母和自然中的万千景物。这些都是我们的生命之根，无法从心头拔去。

张映姝的植物诗，自有其姿态和话语。没有居高临下的注视，植物不是渺小的，尽管有些植物只如天地间一尘埃。没有细微的端详，对方的面容，不重要了，偶尔有纤细的工笔，偶尔有如水袖般的写意，但更多的时候，目光里似有似无，只求心领神会。也无须借助它们来言志抒情，彼此独立地存在。植物在张映姝心中，如同亲密好友，重在相处和交流。这样的交流，有时是诗人与植物的对话，有时是诗人为植物代言。无论是哪种方式，诗人回到了自然的性灵之中，让虽无相同结构的生命互为对方，连接其中的是绵绵的情感和起伏的心绪。

“我不渴望，也不后悔 / 这个物质世界，我越来越感觉 / 无能为力。”（《凤凰树》）张映姝对无生命无情的物质，保持足够的警惕。转身，在自然中寻找心灵的平和与素朴。而这一切，是与鲜活的生命和率真的生长，密切相关的。敬畏生命，在大自然中体味不一样的呼吸和心动，让自身回到世界众多生命中的一种。植物不再是风景，更没有拟人化的必要，万物聚合世界，世界呈现万物之风华。人，也只是万物之一。张映姝与植物一起回归本真，如清晨的轻雾，似午后茶的淡香，又仿佛星夜之下安静的烛光。

张映姝没有让浓情激荡，也没有与小情绪纠缠不清，而是以低语行走于响亮，以轻微参与宏大。“她的宁静，是鼎沸人声的休止符。”（《黄刺玫》）一旦我们走近植物，这我们无从觉察的宁静世界，远比我们的生命更丰盈更神奇。似是在窃窃私语，其实已经穿透我们的心魂，在血液中隐秘流动。“你鼓起一张张明黄的小嘴，啜饮光之蜜，风之蜜 / 化为自身之蜜”（《深碧连翘》），诗性在这蜜中安详，诗意在这蜜中流光溢彩。而这诗性与诗意是植物自有的，也同样存在于我们的生活之中。

张远伦

苗族，1976 年生于重庆彭水。著有诗集《逆风歌》等多部。获得全国少数民族文学创作骏马奖、人民文学奖、《诗刊》陈子昂青年诗歌奖、重庆文学奖、巴蜀青年文学奖、银河之星诗歌奖。入选诗刊社第 32 届青春诗会。

张远伦诗三首

瓦事

假如你发现
一片青瓦覆盖另一片青瓦
太死了，一定要将上面那片
挪一挪。这细微的改变
将为炊烟打开出路
而我父亲，特意揭开的瓦片
不要去碰它。那是
为我的堂屋留出光芒
照到的，是神龛上的牌位
在我的村庄
让出一片瓦，就会

亮出一个安详的先祖来
保持着树木的肃穆
和天堂的反光

我有菜青虫般的一生

那附在菜叶的背脊上，站在这个世界的反面
小小的口器颇有微词的，隐居者
多么像我。仰着头，一点一点地
咬出一个小洞，看天

一声狗叫，遍醒诸佛

村庄不大，一声狗叫，可以关照全部土地
余音可关照更远的旷野

九十岁老妪的枯竭之身，在狗叫的近处
她的生茔，在狗叫的远处

更高一点的诸佛寺
在一声狗叫的尽头

这是一只名叫灰二的纯黄狗。她新生出的女儿
名叫两斤半，身上的毛黑里透出几点白

张远伦　世上并无真正的凡俗

张远伦的诗，是文学大地上的一座村庄，以文字的方式生长乡间万物风情。张远伦以词语浇灌那些与泥土一样亲切的细节，如实还原乡野之风浩荡下的生命与情感。诗意当然在，如同村庄细密的小路和庄稼地含蓄的表达。他巧妙隐藏所有的体验和哲思，鼓励我们这些阅读者去收割。诗，成为他点化村庄的甘露，又在净化我们的心魂。

这是一座属于张远伦的村庄，但并不妨碍我们有故乡之感，肉身的故乡，灵魂的故乡。作为诗人，感受力固然重要，最见功力的当是表现力。张远伦极强的表现力有其特殊之处，重其形，更重其意，竭力传达平常之中的非凡意蕴。形，可以是大写意，可以是用心抽取的点或线；意，一定是形的正常滋生，来自原生态。

《瓦事》，瓦，护佑人们，挡风雨，挡出家的感觉。如此，瓦是人生最基础又最重要的生存物之一。不要太密集，不要过于为自己着想，心就能与天空相连。让出一片瓦，其实是与他人分享感恩。如此，“先祖”“树木”和“天堂”，所要表达的，便很好理解。

《我有菜青虫般的一生》，有过乡村生活经验的人，对菜青虫的这一画面，自然十分熟悉。菜青虫的咬，当然是为食。但当我们头顶有片如菜叶般的乌云或挤压之物时，咬且嚼碎，进而消化，那么内心就有了能量，天空自然出现在眼前。

《一声狗叫，遍醒诸佛》，村庄里的狗，是村里的成员之一，又常是村庄的代言者。狗在村庄里很平常，但狗与村庄的关系，难以言明。简而言之，狗与村庄时常合为一体，又似乎是村庄的守护者和某种灵性的神秘携带者。一声狗叫，能叫醒整个村庄。我们可以循着这声狗叫，读遍村庄的一切。对我们而言，村庄里的狗叫，本就是极大的寓言。

张远伦爱写村庄，并形成了属于自己的乡村叙事。然而，他真的不是为了写村庄而写村庄。之于他，村庄本就是一个巨型隐喻。村庄的鲜活、质朴、俗常等，其实是文化和人生的底色。那里的丑和美，都张扬生命力。村庄里的凡物俗情，就是我们日常生活的真诚复现。张远伦只是以村庄为象征，提醒我们，真正的美好，就在凡俗之中，就在那些细微之处。我们生活中的凡俗，包含了所有的神圣。

张执浩

1965年秋生于湖北荆门。武汉市文联专业作家，武汉文学院院长，湖北省作协副主席。主要作品有《苦于赞美》《宽阔》《高原上的野花》等多部。曾获人民文学奖、华语文学传媒大奖、《诗刊》年度陈子昂诗歌奖、鲁迅文学奖等奖励项。

张 执 浩 诗 三 首

高原上的野花

我愿意为任何人生养如此众多的小美女
我愿意将我的祖国搬迁到
这里，在这里，我愿意
做一个永不愤世嫉俗的人
像那条来历不明的小溪
我愿意终日涕泪横流，以此表达
我真的愿意
做一个披头散发的老父亲

与父亲同眠

夜晚如此漆黑。我们守在这口铁锅中
像还没有来得及被母亲洗干净的两支筷子
再也夹不起任何食物
一个人走了，究竟能带走多少？
我细算着黏附在胃壁里的粉末
大的叫痛苦，小的依旧是

中午时分，我们埋葬了世上最大的那颗土豆
从此，再也不会有人来唠叨了
她说过的话已变成了叶芽，她用过的锄头
已经生锈，还有她生过的火
灭了，当我哆嗦着再次点燃，火
已经从灶膛里转移到了香案上

再也不会有人挨着你这么近睡觉
在漆黑而广阔的乡村夜色中，再也不会
睡得那么沉。我们坚持到了凌晨
我说父亲，让我再陪你一觉吧
话音刚落，就倒在了母亲腾给我的
空白中

我小心地触摸着你瘦骨嶙峋的大脚
从你的脚趾上移，依次触摸你的脚踝和膝盖
最后又返回自己的胸口
那里，一颗心越跳越快，我听见

狗在窗外狂叫，接着好像认出了来人
悻悻地，哀鸣着，嗅着她

无力拔出人世的脚窝
我又一次颤抖着将手伸向你，却发现
你已经披衣坐在床头。多少漆黑的斑块
从蒙着塑料薄膜的窗口一晃而过
再也没有你熟悉的，再也没有我陌生的
刮锅底的声音

被词语找到的人

平静找上门来了
并不叩门，径直走近我
对我说：你很平静
慵懒找上门来了
带着一张灰色的毛毯
挨我坐下，将毛毯一角
轻轻搭在我的膝盖上
健忘找上门来了
推开门的时候光亮中
有一串灰尘仆仆的影子
让我用浑浊的眼睛辨认它们
让我这样反复呢喃：你好啊
慈祥从我递出去的手掌开始

慢慢扩展到了我的眼神和笑容里
我融化在了这个人的体内
仿佛是在看一部默片
大厅里只有胶片的转动声
当镜头转向寂寥的旷野
悲伤找上门来了
幸存者爬过弹坑，铁丝网和水潭
回到被尸体填满的掩体中
没有人见识过他的悔恨
但我曾在凌晨时分咬着被角抽泣
为我们不可避免的命运
为这些曾经以为遥不可及的词语
一个一个找上门来
填满了我
替代了我

张执浩　理想中的诗歌审美

张执浩当是位大彻大悟的诗人，在古典主义河流和现代主义浪潮挟裹中，找到了属于自己的诗歌极致之美。这是隐于平易近人书写之中的极致，是具有坚实生命感的美。他坚守日常化的审美，在私人化体验中抵达辽阔，将多种诗歌理想和技法化于无形，进行与生命同构的叙述，呈现带有日常生活气息又具高蹈意韵的精神质感。张执浩的诗歌如平静的河流，水面清澈，似可见底，世间景象投影其中，既清晰如常，又深藏太多的秘密。谁都可以是张执浩诗歌的完美解读者，但似乎谁都无法读尽熟悉之下的潜流。

有关好的诗歌，具备经典品质的诗歌，其标准远比诗歌本身更为复杂。诸多的诗人，在诗歌内外喧嚣，写诗成了重建诗歌标准的行为。当下的浮躁甚至狂妄，在经过岁月淘洗之后，金光闪闪的诗歌依然是那些为我们所熟知的标准。除去极端案例之外，经典的文学作品总是如同我们的双手，既如此亲近，又有未知的神奇之力。好的诗歌，就是我们的人生，浅实有味，深邃有光。如果更为通俗地表达，好的诗歌，真的是雅俗共赏。

张执浩的诗歌，正是如此。洗尽铅华后的道法自然，将人生百味和诗歌百艺精心发酵，酝出人神共在的酒。他之于词语极为挑剔，但从未留下做作的痕迹；他对诸多诗艺烂熟于心，但从不炫技；他体悟深刻，激情饱满，但对无序的喷发保持高度警惕。一切都在宽厚、平静和隐忍之下，一切又都在诗意的纵横和巧妙的化境之中。我还是要说到河流。张执浩诗歌的这条河流，不在意是否有浪花，是否表面上汹涌，这是一条我们每个人心中的生命之河。我们既在河岸，又是河流的一部分。

张执浩是生活中的诗人，敬畏人生，虔诚地与生活和解。这是人生的态度，也是他的诗歌态度。让诗歌回到生活，又让生活进入诗歌，他是满怀热情又相当谦和的“红娘”。正如他所言“我从来不喜欢高声叫喊的诗歌，我觉得诗歌的本质就是春雨润无声。甚至在这个楼盘尖叫的时代，轻言细语也许是一种美德。即使很多人听不见，但你能够说给你身边的人听，说给你最亲近的人听”。

丰盈中有空间，是张执浩诗歌的重要品质。在这方面，他的诗歌犹如丛林，树木浓密，足可以让走在林中小路上的你，重现你的生活和体验。但又不是密不透风，你的想象可以无限地穿行，密林深处有你预想的意外和无从预测的万象。

《高原上的野花》，有大家熟知的“披头散发的老父亲”形象。这位老父亲是《与父亲同眠》中那个身为儿子的我，是《被词语找到的人》里的中年男人。诗人张执浩正在更加执着进入生活内部，为他自己，也为读诗人。

张执浩的诗歌写作，既在寻找生活的日常之味，又在表达生活的雅致之意。更为重要的是，他的写作既荡涤我们的心魂，又在清理诗坛的某些偏执和混乱。

周庆荣

笔名老凤，1963 年出生于苏北响水。出版的散文诗集有《爱是一棵月亮树》《有温度的人》等 10 余部。中国作家协会会员。“我们—北土城散文诗群”主要发起人，《大诗歌》主编、《星星·散文诗》名誉主编、《诗潮》编委、首都师范大学中国诗歌研究中心兼职研究员。曾获 2014 年度《诗潮》诗歌金奖、第七届中国“冰心散文奖”和 2019 两岸诗会桂冠诗人奖等。

周庆荣诗三首

沉默的砖头

会有这么一天的。

一块一块的砖头，在建筑的下面，它们来决定一切。

苔迹，不只是岁月的陈旧。

蚂蚁，或别的虫豸，访问着这些沉默的砖，它们或许爬出一个高度，它们没有意识到墙也是高度。

有一天，这些砖头会决定建筑的形状。

富丽堂皇的宫殿或不起眼的茅舍，这些砖头说了算。

上层建筑是怎样的重量？

沉默的砖头，寂寞地负重。它们是一根又一根坚硬的骨头。

它们就是不说话，更不说过头的话。

它们踏踏实实地过着日子，一块砖挨着另一块砖，它们不抒情，它们讲逻辑。

风撞着墙，砖无言。风声吹久了，便像是历史的声音。

2010年10月14日凌晨

数字中国史

五千年，两千年的传说，三千年的纪实。

一万茬庄稼，养活过多少人和牲畜？

鸡啼鸣在一千八百零二万五千个黎明，犬对什么人狂吠过二万个季节？

一千年的战争为了分开，一千年的战争再为了统一。一千年里似分又似合，两千年勉强的庙宇下，不同的旗帜挥舞，各自念经。

就算一千年严丝合缝，也被黑夜占用五百。那五百年的光明的白昼，未被记载的阴雨天伤害了多少人的心？

五百年完整的黑夜，封存多少谜一样的档案？多少英雄埋在地下，岁月为他们竖碑多少竖在何处？阳光透过云层，有多少碑在九百六十万平方公里之外？

我还想统计的是，五千年里，多少岁月留给梦想？多少时光属于公平正义与幸福？

能确定的数字：忍耐有五千年，生活有五千年，伟大和卑鄙有五千年，希望也有五千年。

爱，五千年；恨，五千年。对土地的情不自禁有五千年，暴力和苦难以及小人得志，我不再计算。人心，超越五千年。

2013年5月16日凌晨

松：自语

我的名字就是你看到的这棵松，这个陡峭的悬崖，像我的整个祖国。山里的飞鸟追逐流云而去，我只能在这里长久站立。我以无法行走的方式坚持着我的爱，感谢脚下的万丈深渊，它提醒我昂首，看着远方的希望。

我就是这样深情地望，每一个黑夜也真的都会过去，我总能等来太阳升起。就像此刻，它再高一些，就会挂在我的枝头，如黎明后的灯盏。

我的爱不会颠沛流离，原地厮守是我一生的宿命。山谷是丰富的环境，意味深长的孤独在审视你的耐心。我提着太阳站在这里，每一个新来的人，你忘却远处的喧闹和尘埃，想怎么自由就怎么自由。

我在，陌生的人，可以不迷路。

2012年8月27日中午

周庆荣　**一条河的浪花与潜流**

周庆荣对“感性”怀有高度的尊重，让文字与生命具有相同的温度。他的散文诗，其实是诗收获大地万物的姿态。淡化分行的节制，只为让心灵更为自由，让诗更为辽阔，在更多层面上发现和积聚诗的“有意味、有意义”。他的诗歌，有浪花的飞旋和五彩，又有潜流的沉默与深邃，如同一条河滋润两岸，又坚定地流向理想之地。周庆荣敏锐感受生活，深情回望岁月，从容展抒情怀，倾听与对话共同构成书写之路，以一己之心之力弹拨大自然与大人生的回响。温暖与感伤、沉思与呼喊，旷野与人群、当下与历史，这些极端在他的笔下或温和相处，或互为支撑，迸发不可忽视的诗意生命力。

《沉默的砖头》，沉默，是一切声音的归宿。在人群中，个体是沉默的，主动性的沉默，被淹没的被动性沉默。显然，周庆荣借砖头在言说人的生存，表示个体与集体的关系。还有就是当下与历史的关系。与当下相比，历史是沉默的，是沉默的砖头，也是沉默的生命。

《数字中国史》，数字是枯燥的，无生命的激情。周庆荣激活被数字抽象的历史，将历史之门打开一条缝。与数字一同出现的，是诗人抛出的一个又一个问号，看似提问，实质是启发。有限度的激活，提示我们每一组数字里，都是不可忽略的过去，隐藏着相似的我们。

《松：自语》，一棵松的自语，只有风会听见，只有山能感觉到。而我们只有在需要的时候，才盼望看到松。“我在，陌生的人，可以不迷路。”这是与众不同的想象，也是我们渴望的感动。这一句，是这首诗的跃升之笔。我们已经很少自语，也越来越不在意别人的自语。自语，当是一种境界。诗人写出松的自语，是在向松表达敬意，更是对人生如松之境界的向往。

周庆荣这位有明确且坚定创作理想的诗人，执着行走于大地，检阅纯粹的生长和纯净的声音。他警惕一切人为的雕琢，之于当下生活，他冷峻地回归平静；之于历史，他着力唤醒沉默与遗忘。他的作品，犹如月光下的河流，或隐或显自然的神秘、美感和生命性的存在。这条河，有没有浪花，都在飞翔；有没有流水声，都有灵魂的律动。你可以远离，但无法忘记。

周瑟瑟

著有诗集《松树下》《向杜甫致敬》(英、西、日、韩等多语种),诗歌评论集《中国诗歌田野调查》,长篇小说《中国兄弟连》(三十集电视连续剧小说创作)等 20 多部。曾参加哥伦比亚第 27 届麦德林国际诗歌节等。曾获得“2009 年中国最有影响力十大诗人”、《北京文学》诗歌奖等。主编《卡丘》诗刊、《中国当代诗歌年鉴》《中国诗歌排行榜》年选,编选有《中国当代诗选》(中文版与西班牙语版)等多种。

周瑟瑟诗三首

人马

每个人小时候
都有一双马的眼睛
睫毛巨长
盖住了整只眼睛
我静静地站在那里
看大人们
有说有笑走过我身边
我不为所动
我像一匹马
似乎没有看你
但我心里把你

记住了
长大之后
我认得出
我看过的东西

2018 年 05 月 05 日

被莲花淹死的母亲

从衡水去秦皇岛的路上
听人说起这两天
有一位八十多岁的母亲
她独自坐车去衡水湖采莲花
在湖边她脱下袜子
慢慢走进湖里
她太喜欢莲花了
她沉浸在莲花的香气中
秋天的湖水温和舒服
莲花高举，白云低垂
我到过衡水湖
可能还见过那位母亲
那位被莲花淹死的母亲

2018 年 09 月 17 日

休耕

金色的稻谷旁是休耕的田地
它们长满了杂草，好像荒芜
一个女人生孩子生累了
现在停下来休养生息
你不要舍不得
土地是你的情人
你在她身上获得的已经够多了
现在你坐在金色的稻谷旁
坐在紧张的疲惫的情人旁
你不在情人身上索取的时候
你也不会停止
接下来的三年
你捕获到更多的青鱼
让你的情人毛发丛生
像一个肥胖的女人

2018 年 09 月 30 日

周瑟瑟　从本相走出的异相

周瑟瑟对诗歌叙事具有强烈的自觉意识和不懈的探索实践，着力寻找诗、诗人与生活三者之间共有的本质性叙事元素。他的诗歌，具有强大的表现力，且这样的表现力带有独特的个人色彩，放大并幻化现实生活的迷雾，注重陌生化审美的叙述，在诗歌内部呈现生活的原生态和生命的本真律动。

周瑟瑟有一部诗集《暴雨将至》，其中的同题诗《暴雨将至》中写道“乌云蔽日 / 乌云静静汇集 / 风在屋顶呼啸”，极端的天气，让众生惊慌失措，但也在这非常态中裸露了内在的纹理。这也正是周瑟瑟诗歌写作所要追求的叙事效果。

《人马》，其实是有关人成长期的状态，孩子与成人世界，仿佛是两条无从交集的河流，抑或成人世界是条河，孩子只是岸上的一棵树。然而，这只是成人的自以为是。成长期的一切，在日后都会泛现或苏醒。看到的一切，都会在成年后被讲述。那么，马看到的呢？周瑟瑟以一种奇特的方式，写出了人生的某种自我愚弄。

《被莲花淹死的母亲》和《休耕》这两首诗，主题都很常见，被无数的诗人无数次书写。但在周瑟瑟的笔下，竟呈“异相”。也正是这样的“异相”，让我们更加坚信，真正的诗一定是在“过程”中。这样的叙事，是周瑟瑟的，别人无从模仿，也模仿不得。有无数失足落水之人，但我们记住了“被莲花淹死的母亲”。客观化的描写之下，是周瑟瑟精心的选择。《休耕》，应该是在向从农耕文明中生长出的词语致敬。当我们从此诗走出时，再品味“休耕”二字，真有“蓦然回首，那人却在灯火阑珊处”的惊喜与体悟。

诗歌的力量，如何表达，才是根本。这与所有的文学样式是一致的，表达了什么，看似重要，其实无任何意义。之于诗歌而言，如何诗性地表达，是当下迫切需要解决的问题。诗性地表达，也可以理解为以诗的方式来叙事。周瑟瑟的书写是在诗歌天空下的行走，是在诗歌大地上的掘进，一切都在诗本质的统领之下。他强调个人辨识度和原生性写作，以便能让词语更有力地撬动世界和人生。然而，值得我们关注的是，周瑟瑟的这一诗歌行为，是长期历练、浓缩诗力和个人才华的合力，是前行与回望的互动，是在敬畏诗歌中获取的灵性与顿悟。因而，是严肃、严谨的，又在充分释放性情和才华。这样的叙事，对于诗歌的发展是有效的。

图书在版编目（CIP）数据

诗山 / 北乔著. -- 北京 : 中译出版社, 2021.1
ISBN 978-7-5001-6503-3

Ⅰ. ①诗… Ⅱ. ①北… Ⅲ. ①诗歌欣赏－中国－当代
Ⅳ. ①I207.22

中国版本图书馆CIP数据核字(2020)第244067号

出版发行：中译出版社
地　　址：北京市西城区车公庄大街甲4号物华大厦6层
电　　话：（010）68005858，68358224（编辑部）
传　　真：（010）68357870
邮　　编：100044
电子邮箱：book@ctph.com.cn
网　　址：http://www.ctph.com.cn

总 策 划：刘永淳
策划编辑：范　伟
责任编辑：范　伟　张若琳
封面设计：柒拾叁号工作室

排　　版：柒拾叁号工作室
印　　刷：北京玺诚印务有限公司
经　　销：新华书店

规　　格：880毫米×1230毫米　1/32
印　　张：13
字　　数：300千字
版　　次：2021年1月第一版
印　　次：2021年1月第一次

ISBN 978-7-5001-6503-3　　定价：48.00元